소설

3

뿔미디어

CONTENTS

1.
부모님과의 재회

제임스는 아내 노라와 왕궁으로 들어가 새로운 옷을 입었다.

여행으로 인해 몸이 아파 누워 있는 바람에 아직 준비한 옷이 없었는데 브레인의 수하들이 새로운 옷을 준비해 주어 국왕을 만나는 자리에 어색하지 않게 나갈 수가 있었다.

"폐하, 브레인 공작 전하의 부모님이 오셨습니다."

시종장의 말에 국왕과 귀족들은 모두가 긴장하는 표정이 되었다.

지금 왕국의 운명을 쥐고 있는 사람이 도착을 하였으니 국왕과 귀족들은 저절로 긴장을 한 것이다.

"안으로 모시게."

"예, 폐하. 안으로 드시지요. 제임스 백작님."

"고맙소, 시종장."

제임스는 어려서부터 받은 교육으로 인하여 귀족들이 하는 행동에는 별문제가 없었다.

문이 열리면서 제임스와 노라는 안으로 들어갔다.

제임스의 뒤에는 제이슨 단장이 따르고 있었다.

주군의 부모님을 수행하는 것은 당연한 일이기 때문이었다.

제이슨은 이미 왕국의 기사가 아닌 브레인 가문의 기사였기에 브레인의 명령으로 제임스를 수행하고 있었다.

제임스는 노라를 부축하며 국왕이 있는 곳으로 당당하게 걸어갔다.

옆에 있는 노라는 아직도 긴장이 풀리지 않았는지 얼굴색이 창백해 있었다.

노라는 평민이기에 국왕을 이렇게 본다는 사실만으로도 긴장이 되는 일이었다.

사실 제임스는 아내가 아프니 나중에 인사를 드린다고 해도 그리 문제는 없었지만, 일부러 이렇게 노라를 대동한 것은 이번 한 번에 모든 일을 끝내려는 속셈이었다.

인사를 하는 동안 아픈 모습을 보여 주면 국왕도 어쩔

수 없이 간단하게 할 수밖에 없을 것이라는 계산에서였다.

"국왕 폐하를 뵈옵니다."

제임스는 제국의 귀족이었기 때문에 정중하면서 약간은 거만하게 인사를 했다.

귀족들은 그런 제임스의 행동에 분노에 어린 시선을 보냈지만, 제임스는 생각한 것이 있는지 그런 귀족들을 신경 쓰지 않았다.

국왕은 제국의 귀족들의 행동에 대해 어느 정도는 알고 있었기에 그리 내색은 하지 않고 인사를 받았다.

"어서 오시오. 제임스 백작."

"여기는 저의 아내인 노라라고 합니다. 국왕 폐하."

노라는 이미 연습을 한 대로 귀족가의 안주인처럼 우아하게 인사를 드렸다.

"노라라고 하옵니다. 국왕 폐하."

노라는 인사를 하면서 약속된 대로 약간 비틀거렸다.

노라의 인사와 비틀거리는 모습에 국왕은 순간적으로 당황하고 말았다.

이는 귀족들도 같은 반응을 보여 주었다.

"인사는 되었소. 몸이 불편하다는 이야기는 들었는데 아직도 완쾌가 되지 않았는지는 몰랐소."

국왕은 노라에게 미안한 기색으로 하며 인사를 받아 주었다.

제임스는 기회라고 생각하였는지 바로 입을 열었다.

"국왕 폐하, 아내의 몸이 아직은 정상이 아니니 그만 쉬게 해 주었으면 합니다."

제임스의 말은 정당하게 요구하는 것이라 국왕과 귀족들도 거절할 수가 없는 입장이었다.

특히 바이라크 백작은 제임스와 노라를 보고는 무슨 생각을 하고 있는지 국왕에게 제임스의 말대로 하라는 말을 강력하게 전하고 있었다.

"국왕 폐하, 아픈 몸으로 인사를 왔으니 그만 쉬게 하시는 것이 좋을 것 같습니다."

"그렇습니다. 몸이 불편하신 분을 이렇게 계시게 하는 것은 실례라고 생각합니다. 폐하."

바이라크 백작의 발언에 귀족들도 찬성을 하고 있었다.

제국의 백작 부인이지만 국왕과의 만남이 이렇게 이루어지지는 않았기에 그런 것이다.

그리고 사실 노라는 이 자리에 있지 않아도 문제가 되지는 않았다.

몸도 불편하지만 여자는 이런 자리에 가지 않는다고 해서 귀족들이 말을 하지는 않기 때문이었다.

오늘 노라가 직접 오게 된 이유는 바로 국왕이 직접 초청을 하였기 때문에 오게 된 것이지 오지 않는다고 해서 국왕이 따질 수는 없는 일이었다.

결국 국왕도 귀족들의 말에 허락을 할 수밖에 없었다.

"허허허, 오늘 백작과 백작 부인을 초청한 이유는 함께 식사라도 하자는 것이었는데, 아직 몸이 불편하신 백작 부인을 보니 식사는 다음으로 미루어야겠소. 백작 부인께서는 어서 가서 그만 몸을 치료하시기 바라오."

"감사합니다. 국왕 폐하."

"국왕 폐하의 은혜에 감사 드려요."

노라는 아주 품위 있게 인사를 하였다.

"제이슨 단장이 아내를 데리고 가도록 하시오."

"알겠습니다, 백작님. 가시지요. 백작 부인."

제이슨은 제임스의 말에 바로 대답을 하며 노라와 함께 나갔다.

노라는 이제 왕궁의 처소에서 기다리고 있겠지만 제임스는 이제부터 본격적인 이야기를 시작할 때라는 것을 느꼈다.

국왕과 귀족들은 노라가 나가자 이내 얼굴이 변하고 있었다.

이제부터 보이지 않는 전쟁이 시작이라는 것을 알고 있어서였다.

"제임스 백작, 어쩐 일로 우리 왕국에 오시게 되었소?"

국왕은 제임스를 보며 바로 궁금증을 물었다.

제임스는 국왕이 이렇게 바로 공격할 줄은 몰랐는지 잠

시 놀란 표정이었지만 이내 수습을 하고는 담담한 눈빛으로 국왕을 보며 입을 열었다.

"국왕 폐하, 저는 아시다시피 제국의 귀족입니다. 제가 여기 헤이론 왕국에 오게 된 이유는 첫째, 아들이 이곳에 있다는 이야기를 들었기 때문입니다. 그래서 아들의 얼굴을 보기 위해 가문을 떠났지만 아내의 몸이 좋지 않아 지금 보시는 그대로의 상황입니다. 그리고 두 번째는 아들이 제국의 귀족인데 어떻게 헤이론 왕국의 명예 공작이 되어 있는지가 궁금해서입니다. 제국법에 따르면 제국의 귀족은 절대 다른 왕국의 작위를 받을 수 없도록 되어 있습니다. 만약에 이를 어길 시에는 그 작위를 폐한다는 법이 있습니다. 그래서 아들을 제국으로 데리고 가기 위해서 이곳으로 오게 된 것입니다."

카이라 제국은 평민이 기사가 되는 것도 능력만 있으면 가능했고 귀족이 되는 것도 충분히 가능했지만 이는 제국 내에 살고 있는 제국민에 한해서였다.

제국의 귀족이 되면 다른 나라의 작위를 받을 수 없도록 되어 있는 법 때문에 제국의 귀족은 명예 귀족의 작위도 받지 않고 있었다.

헤이론 왕국의 국왕과 귀족들은 그런 제국의 법을 알고는 있었지만 정식 작위가 아닌 명예 귀족은 상관이 없다고 생각하였기 때문에 브레인에게 명예 공작의 작위를 주었던 것이다.

그런데 지금 브레인의 아버지인 제임스가 와서 그를 제국으로 데리고 간다는 말을 하고 있으니 국왕과 귀족들은 할 말을 잊고 말았다.

지금 브레인이 없으면 헤이론 왕국의 입장에서는 전쟁을 더 이상 수행할 수도 없는 입장이었기 때문이다.

제임스도 헤이론 왕국에 원하는 바가 있어 이렇게 강경하게 나가고 있었다.

"그… 그러면 브레인 공작을 제국으로 데리고 가기 위해 우리 왕국에 오신 것이라는 말씀이오?"

"그렇습니다. 제국의 귀족이니 당연히 제국으로 돌아가야지요. 안 그렇습니까? 국왕 폐하."

"……."

국왕은 제임스의 말에 대답을 할 수 없었다.

지금 브레인에게 돌아가라는 말을 할 수가 없어서였다.

전장에 있기는 하지만 통신을 이용하면 언제든지 연락을 할 수 있는 거리였고, 왕궁에서 통신을 거부하면 다른 곳에서 얼마든지 연락을 할 수 있었기 때문이다.

마법 지부도 제국의 고위 귀족인 백작이 부탁을 거절할 수 있는 입장은 아니었다.

국왕은 제임스의 말에 상당히 곤란한 입장이었고 이는 귀족들의 입장도 마찬가지였다.

그렇다고 이대로 당할 수는 없는 일이었기에 바이라크 백작이 먼저 입을 열었다.

"제임스 백작님, 브레인 공작 전하는 이미 우리 왕국에서 명예 귀족의 작위를 받으신 분이십니다. 그런 분을 제국의 법을 적용한다는 것은 말이 되지 않는다고 생각합니다."

바이라크 백작의 말에 약간의 틈이 생겼다고 생각한 귀족들은 이내 제임스를 보고 입을 열기 시작하였다.

"그렇습니다. 아무리 제국의 법을 따라야 한다고는 하지만 이미 받은 작위는 어쩔 수 없는 일이 아닙니까?"

"맞습니다. 작위를 받은 귀족이 크게 잘못이 없는 이상 작위는 그대로 유지되어야 합니다."

한 귀족의 발언에 제임스는 입가에 미소를 지으며 대답을 해 주었다.

"말씀 잘 들었습니다. 그러면 제가 브레인에게 이야기를 해서 잘못을 저지르게 하면 작위를 반납해도 되겠군요. 국왕 폐하 통신을 사용할 수 있게 해 주시기를 카이라 제국의 제임스 백작의 이름을 걸고 정식으로 요청합니다."

쿠쿵!

제임스의 말은 이제 국왕의 손님이 아닌 제국의 귀족으로 정식으로 만나는 자리가 되어 버렸다.

제국의 백작이라는 신분으로 통신을 청했으니 이는 국왕이라도 말릴 수가 없게 되었기 때문이다.

국왕과 귀족들은 그 말을 한 귀족을 죽일 듯한 얼굴로 바라보았다.

주변의 모든 시선이 자신을 죽이려고 하는 것을 알게 된 귀족은 스스로 자신의 입을 때리며 그 자리에서 무릎을 꿇으며 잘못을 빌었다.

찰싹!

털썩!

"제임스 백작님. 저의 잘못이니 부디 저의 잘못을 용서해 주십시오."

제임스는 귀족의 그런 행동에 깜짝 놀라고 말았다.

귀족의 자존심을 모두 버리고 이렇게 행동을 하는 사람이 과연 있을까라는 생각이 들었다.

"그대는 누구요?"

"저는 헤이론 왕국의 귀족인 세인트 백작이라고 합니다. 부디 저의 잘못을 용서하시기를 간절히 부탁드립니다."

제임스는 세인트 백작의 앞으로 가서 부축을 하여 일으켜 세웠다.

"그대는 진심으로 왕국을 생각하는 충신이오. 귀족으로서 그런 행동을 한다는 것은 죽는 것보다 힘든 일인데, 자신의 잘못을 알고 바로 그렇게 한다는 것에 정말 감동했소. 그대의 모든 행동을 용서하겠소."

제임스는 세인트 백작을 일으키면서 용서를 한다고 하니 귀족들과 국왕은 약간 안심이 되는 얼굴이 되었다.

아직 끝나지는 않았지만 일단 세인트 백작이 왕국에 좋은 감정을 가지게는 했다고 생각하니 조금은 기회가 있다고 생각이 들어서였다.

국왕과 귀족들은 아무도 제임스를 보고 말을 하는 사람은 없었다.

이미 제임스가 정식으로 통신을 신청하였기 때문에 본인의 입으로 다시 반복을 하기 전에는 아직까지 유효하기 때문이었다.

제임스도 눈치는 있어서 국왕과 귀족들의 입장을 충분히 이해하고 있었다.

"국왕 폐하, 아까 저의 청은 없던 것으로 해 주십시오. 이분의 행동이 모두 왕국에 대한 충성이라는 것이 저를 감동하게 하는군요."

제임스의 말에 국왕은 바로 웃으면서 말을 하였다.

"고맙소. 우리 왕국에는 충신이라기보다는 그만큼 왕국을 사랑하는 사람이 많다고 생각하오."

국왕은 제임스가 왕국에 호감을 가지고 있다는 생각이 들었다.

귀족들도 국왕과 같은 느낌을 받았으니 말이다.

제임스는 헤이론 왕국에 원하는 것이 바로 이런 것이었다.

일단 좋은 감정을 가지게 해 원하는 것을 얻기 위해서였다.

제임스는 자신이 제국의 귀족이었지만 가문을 망하게 한 것도 제국이라는 것을 알고 있었다.

예전에는 복수를 생각하며 살았지만 노라를 만나, 브레인을 낳고 살면서 행복이라는 것을 알게 되어 이제는 복수라는 것도 희미해지고 있는 중이었다.

그래서 제국의 허울만 남은 귀족이 되기보다는 차라리 헤이론 왕국의 정식 귀족이 되는 것이 브레인에게 도움이 될 것이라는 생각을 하고는 이런 일을 벌이고 있었다.

브레인이 지금 헤이론 왕국의 명예 공작이었고 전장의 사령관으로 있으니 이는 자신의 생각에도 좋은 기회라고 생각이 들어서였다.

'브레인은 반드시 왕국의 정식 귀족으로 만들어 추후에 문제가 없도록 해 주어야겠다.'

브레인이 지금 귀족이기는 하지만 귀족과 평민의 사이에서 태어난 귀족이라 만약에 그 사실이 알려지게 되면 사생아 취급을 받을 수도 있다는 생각에 제임스가 이런 일을 꾸민 것이다.

"국왕 폐하, 저의 아들이 이번에 전장의 사령관으로 가 있다는 이야기를 들었습니다."

제임스의 말에 국왕과 귀족들은 이제 본격적인 이야기가 시작된다고 생각했는지 안색이 굳어지기 시작했다.

"그렇소. 지금 전장의 총사령관으로 있소."

"그러면 한 가지만 묻겠습니다. 이번 전쟁에 승리를 하게 되면 무엇을 약속하셨습니까?"

제임스는 전장에 나가는 귀족이 그것도 타국의 귀족이 그냥 나가지는 않았을 것이라는 생각에서 하는 말이었다.

제이슨 단장에게 들은 이야기도 있었고 해서 확실하게 매듭을 짓고 싶어서였다.

제이슨이 한 이야기는 완전히 꿈같은 말이었기에 현실적으로도 불가능하다는 생각이 들었다.

이번 전쟁의 뒤에는 카이라 제국이 있는 것 같다는 말을 들었기 때문이다.

그러면 꿈을 그리기보다는 현실적으로 받을 수 있는 것을 받아야 한다는 것이 제임스의 생각이었다.

이를 이용하면 헤이론 왕국의 정식 귀족이 될 수 있다는 계산에서였다.

"그… 그것은 브레인 공작에게 이야기를 했기 때문에 다시 말을 할 수는 없소."

국왕은 귀족들도 있지만 제임스에게 자신의 입으로 공국을 만들어 준다는 말을 할 수는 없었다.

제임스는 카이라 제국의 귀족이었기 때문이다.

"흠, 국왕 폐하 어차피 제가 통신을 하게 되면 알게 되는 이야기이니 그냥 해 주시기 바랍니다."

제임스의 말에 국왕도 인정을 했다.

국왕은 잠시 생각에 빠져들었고 이내 결정을 하였는지 제임스를 보며 사실 그대로 이야기해 주었다.

"브레인 공작에게는 이번 전쟁에서 승리를 할 경우에 공국으로 독립을 시켜 드린다고 약속을 하였소. 물론 그 영지로는 바이탈 왕국의 영지를 드리는 것으로 말이오."

제임스는 자신이 알고 있는 것과 다르지 않는다는 것을 알고 이제 국왕과 단판을 지어야 할 때라고 생각이 들었다.

"국왕 폐하, 확실히 짚고 넘어갈 것이 있습니다. 브레인이 이번 전쟁에 승리를 한다고 해도 아마 바이탈 왕국의 땅은 얻지 못하게 될 것입니다. 그 이유는 저보다 국왕 폐하께서 잘 아시고 계실 것입니다. 그러니 현실적으로 공국이라는 것은 가능성이 없는 약속이라고 생각합니다.

그리고 브레인이 제국의 귀족으로 이번 전쟁에 참전을 하였으니, 바이탈 왕국의 뒤에 우리 카이라 제국이 있다는 사실을 모르고 계시지는 않으실 것입니다. 그렇게 되면 브레인은 더 이상 제국의 귀족이라 할 수 있는 입장이 아니니 헤이론 왕국의 정식 귀족이 되어 있는 것이 브레인에게는 도움이 될 것이라고 생각합니다. 해서 저는 브레인을 헤이론 왕국의 대공의 작위를 주셨으면 합니다."

제임스의 긴 설명에 국왕과 귀족들은 모두 쉽게 이해를 했다.

바이탈 왕국의 뒤에 카이라 제국이 있다면 영지를 얻는 것은 어렵다는 것은 이들도 알고 있었고, 그렇게 되면 브레인의 입장이 제국의 귀족으로 남아 있기는 곤란하다는 것도 이해가 되었기에 왕국의 대공으로 삼는 것도 이해가 갔다.

하지만 대공이라는 작위는 아직까지 헤이론 왕국에서 주어진 적이 없는 그런 작위였기에 국왕은 고민이 되었다.

대공은 왕국의 왕자보다도 높은 위치에 있는 자리였기 때문이다.

브레인이 마스터의 경지에 도달한 강자라는 것은 알지만 이상하게 제임스의 말을 따르자니 무언가 걸리는 기분이었다.

제임스가 국왕의 눈치를 보니 미심쩍은 부분이 있다고

생각하는지 자꾸 미적거리는 느낌이 들었다.

"국왕 폐하, 저의 말이 마음에 드시지 않으시면 브레인은 더 이상 이 전쟁에 참전을 할 수 없습니다. 전쟁을 이겨도 제국의 귀족으로 남을 수 없다면 차라리 하지 않는 것이 좋으니 말입니다."

제임스는 국왕이 미적거리는 것에 확실하게 못질을 하였다.

국왕과 귀족들은 제임스의 말에 기겁을 하는 얼굴을 하였다.

"폐하, 제임스 백작의 말도 일리가 있다고 생각합니다. 우리 왕국을 위해 전쟁에 참전하고도 얻는 것이 없다면 누가 왕국을 위해 전쟁을 하려고 하겠습니까."

"그렇습니다. 브레인 공작을 차라리 왕국의 대공으로 삼으시는 것이 현명하다고 생각합니다."

귀족들이 이구동성으로 찬성을 하자 국왕도 마지못해 하는 것처럼 제임스를 보며 자신의 입장을 정리했다.

"제임스 백작의 말을 들으니 충분히 이해가 가는 말이었소. 좋소. 이번 전쟁에 승리를 하면 브레인 공작을 정식으로 헤이론 왕국의 대공위에 올려 드리겠소."

국왕의 말에 제임스는 미소를 지으며 입을 열었다.

"국왕 폐하, 죄송하지만 지금 하신 말씀을 문서화시켜 주시기를 바랍니다. 이는 제가 직접 문서를 들고 전장으로 가서 전해 주기 위해서입니다."

제임스가 직접 전장으로 간다고 하니 국왕은 못하겠다는 말을 하지도 못했다.

"알겠소. 문서로 작성하여 전해 주도록 하겠소."

국왕의 약속에 제임스는 이제 끝났다고 속으로 환호를 질렀다.

'흐흐흐, 국왕 폐하, 저도 용병으로 생활을 해 보니 문서가 얼마나 소중한지를 알게 되어 그런 것이니 고깝게 생각지는 마십시오.'

제임스는 내심과는 다르게 겉으로는 아주 고마운 얼굴을 하였다.

부자간에 정말 멋진 사기를 치고 있는 모습이었다.

제임스는 국왕과 만남을 마치고 아내가 있는 곳으로 갔다.

국왕과 귀족들은 제임스가 가고 없자 다시 토론을 시작했다.

"과연 브레인 공작을 대공으로 삼는 것이 우리 왕국에 도움이 되겠소?"

"폐하, 브레인 공작은 우리 왕국의 귀족으로 만들게 되면 왕국의 입장에서는 많은 이득이 있습니다. 우선 강한 왕국으로 주변에 인식이 될 것이니 왕국을 무시하는 나라가 없게 됩니다. 그리고 브레인 공작의 수하들도 마스터의 경지에 올라 있다고 들었습니다. 그러면 그들이 가르치는 기사들은 모두 우리 왕국의 기사들이 되니 이는 왕국의 기사들에게 도움이 되고 왕국 전체의 실력이 높아지게 될 것입니다. 마지막으로 수하 중에 고위 마법사가 있으니 왕실의 마법사를 키울 수가 있게 되었다는 것입니다."

왕국의 현자라고 하는 바이칼 후작이 조목조목 따져 주니 국왕도 고개를 끄덕일 수밖에 없었다.

그 말이 모두 사실이었고 현실적으로 지금 국왕의 입장에서는 어쩔 수 없는 일이었다.

"이미 결정을 내렸으니 후회는 하지 말자는 뜻으로 한 말이니 모두 오해는 없었으면 하오."

"알고 있습니다. 폐하."

"오해를 할 이유가 없습니다. 폐하."

헤이론 왕국의 귀족들은 그래도 다른 왕국보다는 귀족들끼리 파벌을 만들고 있지는 않았다.

만약에 파벌이 만들어져 있었다면 아마도 오늘의 일도 이리 쉽게 마무리를 할 수는 없었을 것이다.

국왕과 귀족들은 브레인의 대한 생각은 이미 사라져 버렸고 이번 전쟁에서 더 이상의 피해만 없었으면 하는 마음이었다.

전쟁은 그만큼 모든 사람들을 힘들게 하고 있었다.

정신적이나 육체적으로 말이다.

제임스는 왕국의 손님들이 묵는 별관으로 가서 아내 노라를 만나고 있었다.

"우리 아들이 이번 전쟁에 승리를 하면 헤이론 왕국의 대공이 될 것이오."

"대공이라고요?"

"그렇소. 당신도 알고 있지만 나의 신분이 제국의 귀족이지 않소. 그래서 국왕과 단판을 지어 헤이론 왕국의 대공의 작위를 달라고 하였소."

"국왕 폐하께서 당신의 말을 듣고 순순히 그렇게 한다고 하였나요?"

제임스는 아내의 얼굴을 보며 빙긋이 웃어 주며 대답해 주었다.

"하하하, 전쟁에서 마스터가 얼마나 중요한지 아시오. 마스터의 존재는 바로 전쟁의 승패를 좌우하는 존재요. 우리 아들이 바로 그런 마스터의 경지에 도달한 인물이니 당연히 허락을 하지 않겠소."

노라는 제임스의 말에 무언가 다른 것이 있다는 것을 눈치채고 있었지만 남편이 기뻐하는 모습을 보고는 그만 입을 다물어 버렸다.

어찌 되었던 브레인이 성공하고 있다는 말을 들었으니 자신도 아들의 출세에 마음이 기뻐서였다.

한 가족이 왕국을 상대로 사기를 치고 있으니 아마도 대륙에 이렇게 손발이 맞는 가족은 찾을 수가 없을 것이다.

"그러면 브레인이 이번 전쟁에서 승리를 해야 대공이 되는 건가요?"

"그렇소. 하지만 이미 전쟁은 거의 승리를 하였다고 해도 좋을 정도라 하니 얼마 지나지 않아 좋은 소식이 있을 것이오."

제임스는 카이라 제국이 참전을 하게 될지도 모른다는 말은 하지 않았다.

안 그래도 몸이 불편한 아내를 놀라게 하고 싶지는 않아서였다.

"우리 브레인은 언제 만날 수 있는 건가요?"

노라는 아들의 얼굴을 보고 싶어 하는 말이었다.

"내일 브레인의 저택으로 갈 생각이오. 그리고 당신은 당분간 거기서 귀족의 예법을 배우도록 하시오. 당신의 아들을 생각해서 말이오."

노라는 제임스의 말에 별로 마음에 내키는 않았지만 아들을 생각하라는 말에 따르기로 했다.

"알았어요. 그렇게 할게요."

제임스는 노라를 보며 슬며시 웃음이 나오는 것을 참았다.

아내도 자신과 마찬가지로 아들을 보고 싶어 했다.

하지만 아내를 전장으로 데리고 갈 수는 없는 일이었기에 브레인의 저택으로 가서 아내는 교육이라는 명분을 세워 그곳에 있게 하고 자신은 브레인에게 가려고 하였다.

"미안하오. 당신도 브레인이 보고 싶겠지만 조금만 참아 주시오. 그러면 우리 가족은 다시 예전처럼 모여 살게 될 것이니 말이오."

노라도 제임스가 무슨 뜻으로 저런 말을 하는지 알아들었다.

"알았어요. 나도 최선을 다해 공부할게요. 아들을 위해 해야 한다면 저도 할 수 있어요."

노라는 마음을 독하게 먹고 공부를 하기로 결심을 하였다.

제임스는 아내의 그런 모습이 대견해 보이는지 입가에 잔잔한 미소를 머금고 있었다.

부부가 이렇게 좋은 분위기를 만들고 있을 때 제이슨과 기사들은 경계에 만전을 기하고 있었다.

"두 분에게 위험한 일이 생기지 않도록 주변에 서성이는 이가 없도록 해라."

"알겠습니다. 단장님."

"예, 단장님."

기사들의 대답을 들은 제이슨은 다른 곳도 확인을 위해 움직였다.

오늘 여기에 있는 기사들 중에는 처음으로 기사의 맹세를 한 기사들도 있었다.

"우리 단장님 처음보다는 제법 의젓해지신 것 같은데."

"흐흐흐, 처음에 우리에게 검술과 마나 호흡법을 알려주실 때만 해도 어리바리했는데 말이야."

기사들은 제이슨의 모습을 보며 지난 이야기를 하고 있었다.

자신들을 힘들게 수련을 시키기는 했지만 그 덕분에 자신들이 지금의 경지에 도달했다는 것은 사실이었고 제이슨을 따르는 이유였다.

기사단이 만들어졌지만 제이슨만 단장을 맡았고 다른 기사단은 아직 단장이 없는 상태였다.

"그런데 블랙 기사단의 단장으로는 알렉스 님이 되신다는 말이 있던데 아닌가?"

"그러게 알렉스 님이 블랙 기사단을 맡으면 아마도 기사단원들은 이제 죽었다고 해야 할 거야"

"그렇지 아마 그들도 제발 알렉스 님은 되지 않기를 빌고 있을 거야."

기사들이 알렉스를 두려워하는 이유는 바로 알렉스의 수련 방식 때문이었다.

알렉스는 기사들이 보기에도 무식하고 지독하게 수련을 하였기 때문에 만약에 알렉스가 단장이 되면 그 지독한 수련 방식을 그대로 하려고 한다는 생각을 가지고 있어서였다.

그 지독한 수련을 하게 되면 기사들은 정말 자신들이 죽을 수도 있다는 생각이 들었고 상상만 해도 몸이 떨리는 일이었다.

그러니 블랙 기사단의 기사들은 제발 아니기를 빌고 또 빌고 있었다.

제임스와 노라는 브레인이 살고 있는 저택으로 도착을 하여 앞으로 살게 될 집을 구경하고 있었다.

"여기는 정원으로 만들었으면 좋겠어요."

"그렇게 합시다. 브레인이 돌아오면 당신이 원하는 대로 정원으로 만듭시다."

제임스는 내일 브레인 있는 전장으로 가기 때문에 오늘은 아내와 함께 시간을 보내고 있었다.

그리고 국왕이 약속을 해 주었기 때문에 헤이론 왕국이 자신의 나라라고 생각하고 이곳에서 정착을 하려는 마음을 가지고 있었기 때문에 저택을 아름답게 꾸미는 것도 나쁘지 않다고 생각하고 있었다.

이제 자신들이 살아야 하는 집이라고 생각해서였다.

헤이론 왕국의 국경성 부근에 브레인이 머물고 있는 숙소로 엔더슨이 급히 들어왔다.

"공작 전하, 지금 아버님께서 이곳으로 오시고 계신다는 연락이 왔습니다."

"언제 도착을 한다고 연락을 받았지?"

브레인은 국왕과 면담을 마치고 저택으로 갔다는 말을 듣고 어머니인 노라와 함께 계실 것으로 알고 있었는데, 갑자기 전장으로 오신다고 하니 이상한 생각이 들었다.

"내일이면 도착을 하실 것 같습니다. 레드 기사단이 호위를 하고 있다고 들었습니다."

엔더슨은 묻지 않은 호위에 대해서도 말을 해 주었다.

혹시나 다시 질문을 할 것 같아서였다.

"내일이라… 바이탈 왕국군은 어떻게 하고 있지?"

브레인은 갑자기 아버지 문제는 두고 다른 질문을 하고 있으니 엔더슨의 눈에는 의문스러운 빛을 발했지만 이내 질문에 대한 답변을 하였다.

"지난번의 기습으로 숙영지에 대한 경계가 더욱 강해졌지만 별다른 움직임은 없습니다. 공작 전하."

"그들이 기다리는 것이 카이라 제국의 지원군인가?"

브레인은 무언가를 알고 있는 것처럼 혼자 중얼거렸다.

지난밤에 도둑 길드의 수장이 자신에게 다녀가면서 알려 준 정보에 의하면, 제국의 고위 귀족이 바이탈 왕국을 지원하고 있다고 하였기에 저들이 기다리고 있는 것이 아마도 제국의 지원군이라고 생각을 하고 있는 브레인이었다.

고위 귀족이 누구인지는 아직 알려지지 않아 모르지만 이번에 지원군이 오면 확실히 알 수가 있을 것이라고 생각하고 있었다.

제국에 불만은 없지만 왕국 간의 싸움에 제국이 개입이 되는 것에는 브레인도 별로 좋은 기분은 아니었다.

제국이 개입되는 시점에 아버지가 오신다고 하니 브레인은 이상함을 느끼고 있었다.

자신이 모르는 무언가가 있다는 생각이 들어서였다.

"공작 전하!"

엔더슨은 아무 말이 없이 생각을 하고 있는 브레인을 불렀다.

"아, 미안. 다른 생각을 좀 한다고, 아버지가 오시니 우리도 준비를 해야지."

엔더슨은 브레인의 말이 무슨 뜻인지를 알아들었다.

아버지인 제임스는 헤이론 왕국의 사람이 아니라 제국의 귀족이었기에 전쟁을 하는 이곳으로 오면 주변의 귀족들이 불편하게 생각하는 것을 염려해서였다.

"알겠습니다. 제가 잠시 손을 써 놓겠습니다. 공작 전하."

엔더슨은 이미 이곳에 있는 귀족들과 지휘관들에게 고위 마법사라고 소문이 나 있는 상태였다.

그러니 엔더슨의 부탁이라면 이들도 거절을 하지 못하고 들어줄 수밖에 없었다.

고위 마법사와 척을 지고 싶은 귀족은 없으니 말이다.

엔더슨의 노력으로 제임스가 국경성에 오는 일에 문제는 없어졌다.

국경성의 정문에서 마차를 내린 제임스가 문을 통과하고 있었고, 그 안에는 브레인이 아버지를 기다리고 있었다.

"아버지!"

브레인은 아버지의 얼굴이 보이자 바로 달려갔다.

"브레인!"

제임스도 아들의 얼굴을 보자 반가움에 소리를 쳤다.

두 부자는 얼싸안고 반가움을 만끽하였다.

한참의 시간을 그러고 있으니 엔더슨이 헛기침을 해 주었다.

"흠, 흠."

엔더슨이 기침 소리에 브레인과 제임스는 정신이 들었는지 서서히 떨어졌다.

"아버지, 일단 안으로 드세요."

"그러자."

귀족들과 지휘관들도 마중을 나오려고 하였지만 브레인이 나오지 못하게 하여 이들은 제임스의 얼굴을 성벽 위에서 보고 있었다.

제국의 백작이라는 신분을 알고 있기에 멀리서 바라만 보았다.

"공작 전하의 아버님도 실력이 대단해 보이시는데."

"자네가 보기에도 그렇지? 나도 그렇게 보이네."

국경성에 있는 기사들 중에 가장 실력이 좋다고 알려진 안토니오와 로메론은 제임스의 기운을 느끼고 있었다.

제임스는 브레인이 떠날 때에 최상급이 경지였지만, 지금은 마스터라고 해도 과언이 아닐 정도로 실력이 늘어 있었다.

아직 바스트 체인지를 경험하지는 않았지만 이미 마스터의 경지라고 해도 좋을 정도의 실력이었다.

두 기사의 말에 다른 기사들은 부러운 눈빛으로 보게 되었다.

두 사람은 익스퍼트 최상급의 실력이라 알려져 있는데, 그런 두 사람이 자신들보다 강하다고 하니 부럽지 않을 수가 없었다.

'아들과 아버지가 모두 강한 힘을 가지고 있으니 대단한 가문이라 하겠다. 나도 저런 가문의 기사가 되고 싶다.'

기사들의 마음속에는 이런 생각을 하고 있었다.

기사는 강해지고 싶은 마음이 간절하였기 때문에 강자의 가문에 들어 자신들도 강해지고 싶다는 생각을 항상 하고 있었다.

다만 마음속으로 생각만 하고 있다는 것이 문제였지만 말이다.

브레인과 제임스는 수하들과 함께 자신의 막사로 들어갔다.

"아버지, 이리 앉으세요."

브레인은 자신의 자리를 아버지에게 양보를 하였다.

"그래, 고맙구나."

제임스는 자리에 앉아 브레인을 가만히 바라보았다.

자신의 자식이지만 정말 뛰어난 아들이라는 생각이 들어서였다.

"브레인, 정말 대단한 성공을 하였구나."

"아닙니다. 가문을 세우는 일에 아직은 성공을 하였다고 할 수는 없습니다."

브레인은 아버지가 평생 소원하던 가문의 부활을 자신의 손으로 이루고 싶었지만 아직은 부족하다고 생각하고 있었다.

"그래, 친구들도 모두 마스터가 된 것이냐?"

브레인이 있기 때문에 정식으로 인사도 하지 못하고 있었던 친구들이 제임스를 향해 정중하게 인사를 드렸다.

"인사드립니다. 제임스 백작님."

"그동안 잘 계셨습니까. 제임스 백작님."

친구들은 제임스가 제국의 고위 귀족인 백작의 작위를 함께 불러 주며 인사를 하였다.

이는 귀족의 예법이었기 때문이다.

"그래, 오랜만이구나. 하지만 너희들에게 그렇게 불리고 싶지는 않구나. 그저 예전처럼 제임스 아저씨라고 불러라."

"아닙니다. 이제는 그렇게 할 수가 없습니다. 제임스 백작님."

제임스는 엔더슨의 말에 이들이 완전히 브레인의 수하가 되었다는 것을 느꼈다.

친구이기 이전에 주군과 수하의 사이였기에 서로가 더 예의를 지켜야 하는 관계였다.

"그래, 너희들의 뜻이니 그렇게 알고 있겠다."

브레인은 친구들과 아버지의 관계가 정리되었다는 것을 알았다.

이들은 자신의 수하가 되기로 마음을 정하고 나서는 최
대한 예의를 지키고 있다는 것을 알고 있기에 걱정도 하
지 않고 있었다.

 친구들을 그만큼 믿고 있었기 때문이다.

2.
아버지의 계획

제임스는 국왕과 단판을 지어 대공이 작위를 받아 온 것을 어찌 설명해야 하는지에 대해 생각을 하였다.

어차피 자신이 성사를 시켰으니 당사자인 브레인에게는 알려 주어야 했기 때문이다.

우선 말문을 터야 하니 다른 문제부터 질문을 하기 시작했다.

"브레인, 전쟁은 어찌 진행되고 있느냐?"

"이제 시작입니다. 바이탈 왕국군이 물러가지 않으니 어쩔 수 없이 전쟁은 계속 진행 중입니다."

"바이탈 왕국의 뒤에 카이라 제국이 있다는 이야기를 들었다. 너도 알고 있겠지?"

"예, 제국의 고위 귀족이 연류 되어 있다고 들었습니다. 아버지."

제임스는 카이라 제국이 개입되어 있는 것이 아니라 고위 귀족이 개입되어 있다는 말에 눈빛이 빛났다.

"너는 어떻게 하려고 하느냐?"

제임스는 아들의 얼굴을 보며 물었다.

고민을 하고 있는 얼굴이라 무슨 대책이 있는지 확인하고 싶어서였다.

"아직은 제국의 지원군이 오지 않아 그냥 전선만 유지하고 있지만 조만간에 제국군이 오면 다시 치열한 전쟁을 해야 할 겁니다."

제임스는 아들이 하는 말을 들으면서 잠시 무언가 생각하는지 눈을 감았다.

제국이 직접 개입이 되지 않았다면 방법이 있을 것 같아서였다.

카이라 제국은 아무리 고위 귀족이라도 황제의 허락 없이는 병력을 움직이지 못하기 때문이다.

만약에 귀족이 개입을 하려면 아마도 기사단 정도가 전부라고 생각되었다.

제임스는 생각을 마무리하고 브레인을 보며 자신의 생각을 말해 주었다.

"브레인, 제국의 황제가 개입되어 있는 것이 아니라면

제국군이 오지는 않을 것이다. 제국에서 온다고 해도 기사단이 전부라는 말이지."

제임스의 말에 브레인의 눈빛이 빛나고 있었다.

제국군이 직접 개입을 하지 않는다면 충분히 승산이 있다는 생각이 들어서였다.

"아버지, 제국군이 아니라 기사단이라면 충분히 승산이 있습니다."

"하지만 기사단이라고 해서 방심을 하지 마라. 제국의 기사단은 왕국의 기사단과는 그 수준이 다르다."

제임스의 말대로 왕국의 기사와 제국의 기사는 정말 수준이 달랐다.

우선은 왕국의 기사단은 단장의 실력이 상급이 되면 가능하지만 제국은 상급의 실력으로는 어림도 없는 일이었다.

최소한 최상급의 실력을 가져야만 단장의 자리를 노릴 수 있었으니 말이다.

"알고 있습니다. 하지만 지금 저희의 전력도 약하다고 할 수는 없습니다. 우리도 마스터가 다섯에 대마법사 한 명, 그리고 익스퍼트 최상급이 무려 일곱이나 있으니 말입니다."

브레인의 말에 제임스는 깜짝 놀랐다.

마스터가 다섯이라면 이는 헤이론 왕국의 입장에서는

엄청난 전력이었기 때문이었다.

제임스도 제이슨에게 브레인의 기사단에 대한 이야기는 듣지 못해서 일어난 일이었다.

"마스터가 다섯이라는 말이냐?"

"예, 아버지."

"너를 포함해서 다섯 명이나 있다면 아무리 제국의 기사단이라고 해도 그리 어렵지 않게 승리를 할 수가 있다."

제임스는 브레인의 말대로 준비가 되어 있다면 문제가 없을 것이라고 보았다.

실지로 일개 왕국에 다섯의 마스터를 데리고 있는 나라는 없었기 때문이다.

헤이론 왕국의 입장에서는 마스터의 대거 영입이 되는 일이었지만 다른 왕국에서 보기로는 재앙이 생기는 일이었다.

"아버지. 그런 말을 먼저 하시는 것은 다른 할 말이 있어서가 아닌가요?"

브레인은 이제 이야기를 꺼내라고 하는 말이었다.

제임스도 브레인이 눈치를 채고 있다는 것을 알고는 조금 어색한 미소를 지었다.

"험, 알고 있었냐?"

"제가 누구의 자식입니까."

브레인의 말에 제임스는 더 이상 시간을 끌 수가 없었다.

"사실 헤이론 왕국의 국왕과 한 가지 약속을 했다."

"……"

브레인은 아버지가 약속을 했다고 하니 일단 듣고만 있었다.

이야기를 들어 보고 난 다음 대화를 해야 하기 때문이었다.

"국왕이 너에게 약속한 것은 내가 보기에는 무리가 있다고 판단이 되어 다른 약속을 받아 왔다. 바로 너를 헤이론 왕국의 대공으로 삼아 달라고 말이다. 국왕도 허락을 했고 여기 그 약속의 증서이다."

제임스의 말에 브레인은 어이가 없는 표정이 되고 말았다.

대공을 하려면 처음부터 할 수가 있다고 생각하고 있었다.

사실 조금 강하게 밀어붙였으면 대공의 작위는 그리 어렵지 않게 얻을 수도 있는 문제였기에, 지금 아버지가 대공이 작위를 가지고 온 것이 브레인을 불편하게 만들었다.

"아버지, 왜 그런 약속을 하신 것입니까?"

브레인은 일단 아버지의 생각을 먼저 듣고 싶었다.

그리고 나서 자신의 의견을 이야기하려고 하였다.

제임스는 브레인이 못마땅하게 생각하는 이유를 알고 있지만 자신의 판단이 옳다고 믿었다.

"브레인아, 내 말을 잘 듣도록 해라. 너의 출신이 제국의 귀족이라고는 하지만 문제는 너의 어머니에게 있다. 어머니는 평민이기 때문에 너도 정통성이 조금 부족하다고 해야 하는 입장이란다. 그래서 너의 정통성을 세우기 위해서는 이렇게 할 수밖에 없었다. 제국은 아니지만 헤이론 왕국에서는 새롭게 시작할 수가 있으니 말이다."

제임스의 말을 들은 브레인은 아버지가 많은 고심을 하였다는 것을 느꼈다.

자신은 출신에 대해서는 생각을 해 보지 않았기 때문에 그 문제는 걱정도 하지 않았는데, 아버지는 귀족 출신이라 그런지 자세한 내막을 알고 조치를 취한 것이다.

비록 제국의 귀족이 되지는 못해도 이제는 떳떳한 헤이론 왕국의 귀족이 되어 출신에 대해 아무 부담을 가지지 않아도 되었다.

"제가 생각을 하지 못한 일을 아버지가 처리를 해 주신 것이네요. 고마워요… 아버지."

브레인은 아버지가 정말 고마웠다.

아직은 자신이 젊어 그런지 생각하는 깊이가 없다는 것을 깨달았다.

역시 경험과 연륜은 속일 수가 없는 모양이었다.

"나의 아들을 위해 하는 일인데 잘되어야 나도 편하게 살지 않겠냐."

제임스는 자신의 의도를 좋게 받아들여 주는 브레인이 아주 마음에 들었다.

이제는 스스로 가문을 세워 가장이 되어 있을 정도로 대단한 존재가 되어 있으니 제임스의 마음은 뿌듯해졌다.

브레인은 아버지의 손에 있는 서류를 받아 보았다.

왕국의 국왕이 직접 서명한 대공의 작위를 내리는 서류였다.

"아버지, 제국에 가문을 세우지 않아도 되겠어요?"

"브레인, 제국만 나라가 아니지 않느냐. 우리 가문이 비록 무너지기는 했지만 가문의 맥이 끊어진 것은 아니지 않느냐. 제국이 아니라도 여기 헤이론 왕국에서 새로운 가문을 열었으면 한다. 제국의 백작가가 아닌 왕국의 대공가를 말이다."

브레인은 아버지의 말이 무슨 뜻인지를 알고 있었다.

제국의 귀족이 아닌 왕국의 귀족으로 살라는 말이었다.

제국으로 가게 되면 아마도 자신의 신분에 대한 조사를 하게 될 것이고, 그러면 자신과 어머님의 신분이 알려질 것이니 그냥 왕국에서 대공으로 살라는 말이었다.

지금 헤이론 왕국에서는 브레인을 의심할 사람은 아무도 없으니 어머님과 함께 살아도 문제가 없었다.

"아버지. 무슨 말씀인지는 알겠지만 어머님은 아직 귀족의 생활에 대해서 모르고 계시지 않습니까?"

제임스는 브레인을 보고 빙긋이 웃어 주며 대답을 해 주었다.

"지금 너의 어머니는 열심히 귀족의 예법을 배우고 계실 것이다. 아들의 장래를 방해하려는 부모는 없으니 말이다."

제임스의 말에 브레인은 어이가 없는 표정을 지었다.

"아버지. 예법을 배운다고 귀족이 되는 것은 아니지 않습니까?"

"알고 있다. 하지만 지금은 이 방법이 가장 좋은 방법이니 너의 어머니를 이해해 주거라. 너의 어머니는 지금 너에게 해가 되지 않기 위해 부단히 노력을 하고 있는 중이니 말이다. 그리고 내가 어머니의 신분에 대한 것을 따로 준비를 하였으니 그리 염려하지 않아도 된다."

제임스는 나중을 위해 노라의 신분을 이미 준비하는 작업을 하고 있었다.

전장을 떠나고 나면 아마도 노라의 새로운 신분이 준비되어 있을 것이라고 믿고 있었다.

제임스가 노라의 신분을 준비하기 위해 자신의 예전 신분인 용병의 인맥을 이용하여 제국의 귀족 중에 멸망한 가문으로 신분을 준비해 달라고 하였기 때문이다.

제법 많은 자금이 소요되기는 했지만 확실히 믿을 수 있는 사람이었기에 제임스가 맡길 수가 있었다.

"아버지, 어머니의 신분도 가짜로 준비한 것이에요? 그리고 어디서 만들려고 하시는 건데요?"

"어쩔 수 없지 않냐. 아니면 너도 그렇고 너의 어머니도 그렇고 귀족으로 대우를 받을 수가 없으니 내가 힘을 썼다. 그리고 만들려고 하는 데는 말할 수 없다. 나도 비밀로 하기로 했기 때문이다."

제임스는 그렇게 말을 하면서 어깨에 힘을 주고 있었다.

브레인과 제임스의 대화를 듣고 있는 친구들은 어이가 없는 얼굴을 하고 있었다.

귀족의 신분을 가짜로 만들어 귀족으로 행세를 한다고 하니 그런 것이다.

물론 브레인의 입장이 있으니 그리 걱정이 되지는 않지만, 그래도 혹시라는 말이 있지 않는가.

친구들은 브레인이 잘되기를 바라는 마음에 조심을 해야겠다고 속으로 생각하고 있었다.

'브레인의 어머니에 대한 조사를 한다는 놈이 있으면 내가 가서 박살을 내 주도록 하마.'

친구들은 모두가 그렇게 생각하고 있었다.

이들이 브레인에게 이런 마음을 먹게 된 이유는 자신들의 친구이기도 하지만 무엇보다도 자신들에게는 감당할 수 없는 은혜를 베풀어 주었기 때문이었다.

사람이 은혜를 입으면 당연히 갚아야 하는 것인데, 자신들은 지금까지 받기만 하고 베푼 적이 없다고 생각하고 있어서였다.

실질적으로 자신들은 브레인에게 검술과 마나 호흡법을 배웠고, 나중에는 마나석을 이용하여 마스터의 경지로 만들어 준 브레인이었다.

일개 평민이 지금 이렇게 대우를 받을 수 있는 사람으로 만들어 준 고마운 친구였기 때문에 이들은 브레인에게 목숨도 줄 수 있었다.

"아버지, 어머니의 문제는 조금 더 생각을 해 보고 결정을 하지요. 저도 신분을 구할 수 있는 곳을 알고 있으니 말이에요."

브레인은 도둑 길드를 생각하고 있었다.

아버지가 말하는 곳이 대강 어디인지를 눈치를 채고 있기에 조사를 해 보라고 하면 금방 알 수 있는 일이었다.

헤이론 왕국에서는 브레인의 지시를 거부하는 사람은 없었기 때문이다.

"이미 신분을 구하기 위해 움직이고 있을 것인데 무엇을 더 생각한다는 말이냐?"

"아버지, 신분을 구하는 것은 그리 어렵지 않아요. 단지 구한 그 신분이 얼마나 알려지지 않았는지가 중요하지요."

영웅전설

브레인의 말을 듣고 제임스는 아들이 하는 소리가 무슨 뜻인지를 알아들었다.

용병이 비밀을 지키기는 하겠지만, 만약에 더 많은 금전을 받게 되면 비밀도 비밀로 남지 않을 것이라는 생각이 들어서였다.

제임스는 브레인이 그런 쪽으로는 자신보다도 더 낫다는 생각이 들었다.

'자식이 그동안 그런 거만 배우고 다녔나 어떻게 저렇게 정확히 이야기를 하는 거야.'

제임스는 속으로 궁시렁거렸지만 겉으로야 전혀 그런 내색을 하지 않고 있었다.

아들의 말에 놀라는 표정을 지으면 창피해서였다.

"신분에 관한 일은 그럼 알아서 처리를 해라. 다만 나의 부탁으로 일을 하고 있는 용병들에게 피해가 가지 않았으면 한다. 그들도 신분만 구해 달라고 해서 구하는 것이라 너의 어머니의 것인지는 모르고 있으니 말이다."

제임스의 말에 브레인은 눈빛을 반짝였다.

"알았어요. 그 문제는 제가 알아서 처리를 할게요. 그리고 아버지도 실력이 제법 느셨네요."

브레인은 제임스의 실력이 이제 거의 마스터에 근접했다는 것을 알았다.

제임스는 아들의 말에 다시 어깨에 힘이 들어갔다.

"흠, 내가 조금 노력을 했지."

제임스의 말에 브레인은 빙그레 미소를 지었다.

아버지의 저런 모습이 가장 인간적으로 보여서였다.

"예, 알아요. 아버지."

"그렇지?"

"네에, 아버지."

두 부자는 이상한 대화를 나누었지만 서로가 무슨 뜻인지는 금방 알아들었다.

신기한 부자간의 대화에 친구들은 어리둥절한 표정만 짓고 있었다.

브레인이 작전을 지시할 때의 모습과는 완전히 다른 모습을 보여 주어 이들도 이해를 하기 어려웠다.

전장에 제임스가 와서 브레인이 대공으로 승작을 하였다는 말은 순식간에 국경성에 알려졌다.

물론 전쟁에 승리를 해야 한다는 조건이 있기는 했지만 국경성에 있는 귀족들과 지휘관들, 그리고 기사와 병사들 중에 이번 전쟁에 패배를 한다고 생각하는 사람은 아무도 없었기에, 대공의 승작은 이미 되었다고 하는 분위기였다.

"브레인 공작 전하께서 대공이 되시는 것은 당연한 일이시지."

"그럼, 이번 전쟁에 가장 공이 크신 분이신데 당연하지."

병사들은 하나같이 브레인이 왕국의 정식 귀족이 된다는 것에 환영을 하고 있었다.

　이는 귀족들도 마찬가지의 입장이었지만 일부의 귀족은 그렇지가 않았다.

　"브레인 공작이 이번에 제국의 귀족이 아닌 정식으로 대공으로 승작이 되면 우리의 기반이 위험해지지 않겠습니까?"

　"나도 걱정이오. 하지만 우리가 나선다고 해서 무엇이 되겠소."

　이들은 이미 국왕 폐하의 작위 인정서가 전달되었다는 것을 생각하고는 고개를 흔들었다.

　전에는 공작이기는 했지만 그래도 명예 공작이었기에 그리 문제가 되지 않았지만 이제는 정식으로 대공의 작위를 받게 되었으니 이들의 입장에서는 충격이었다.

　왕국의 대공이라면 더 이상 위의 귀족은 없었고 국왕도 명령을 내리기보다는 부탁을 해야 하는 그런 위치였다.

　물론 국왕이 전시 같은 특수한 상황에서는 대공에게도 충분히 명령을 내릴 수 있지만 대부분은 부탁을 하여 이행을 하게 하는 것이 관례였다.

　이는 제국도 거의 비슷한 대우를 해 주고 있었다.

　일부 왕국의 귀족들이 자신들의 세력이 줄어들 것을 염려하여 걱정을 하는 곳도 있었지만 그 반면에 환영을 하는 귀족들도 있었다.

주로 군사적인 위치에 있는 귀족들은 대대적인 환영을 하고 있었다.

"브레인 공작 전하께서 대공의 작위를 받으신다고 하니 이제 왕국의 힘도 강력하게 되어 더 이상 우리 왕국을 도발하려는 나라는 없게 될 것입니다."

"그렇지요. 나도 환영하고 있습니다. 국왕 폐하께서 아주 현명한 결정을 하신 것입니다."

"그동안 브레인 공작 전하께서 제국의 귀족이란 사실이 조금은 불안했는데 이제 정식으로 왕국의 귀족이 되셨으니 아주 마음이 다 편안해집니다. 하하하."

체리스 후작은 브레인이 왕국의 귀족이 되었다는 것에 기분이 좋은지 크게 웃고 있었다.

이는 군부에 속해 있는 귀족들은 모두가 같은 생각을 하고 있었다.

그리고 가장 중요한 전력인 기사들도 브레인의 일에 열렬한 환영을 하고 있었고 말이다.

브레인은 이와 같은 반응을 모르고 있었지만 국경성에 있는 모든 사람들이 브레인의 일을 가지고 떠들고 있었다.

이렇게 국경성에 소문이 나게 된 이유는 바로 엔더슨의 계략이 숨어 있어서였다.

혹시라도 브레인에 대한 다른 말이 나오기 전에 확실하

게 이들에게 왕국의 귀족이 된다는 소식을 알려 이들에게
브레인에 대한 새로운 인식을 심어 주기 위해서였다.

'후후후, 역시 소문의 힘은 무시할 수 없단 말이야. 이
제 브레인 공작 전하의 일은 걱정하지 않아도 되겠군.'

엔더슨의 계획적인 소문으로 인해 기사들과 지휘관들의
반응을 지켜보고는 만족한 얼굴이 되었다.

"아버지, 다른 문제는 되었고요. 이제 어떻게 하실 생
각이세요?"

"어떻게 살 생각이라니?"

"무엇을 하시고 살 생각이시냐고요?"

"나는 그냥 너한테 신세지면서 편하게 살 생각이다. 능
력 좋은 아들 두고 어딜 가겠느냐."

제임스는 브레인을 보며 웃으면서 말했다.

브레인은 그런 아버지를 보며 어이가 없었다.

"아버지, 지금 장난치실 거예요?"

"장난이라니, 나는 진심으로 말하는 거다. 사실 아들이
능력이 있는데 내가 어디를 가겠느냐. 나는 마누라하고
같이 아들과 함께 살 생각이다. 집도 마음에 들고 말이
다."

제임스는 이번에 확실히 브레인과 같이 살려고 하는 마
음이었다.

브레인도 부모님을 모시고 사는 것을 반대하는 것이 아

니라 아버지의 위치가 곤란할 것 같아 하는 말이었다.

아버지는 파올로 백작가의 당대 주인이었기에, 헤이론 왕국의 입장에서는 상당히 대하기가 곤란하기 때문이었다.

"아버지, 우리 가문을 아예 제국에서 왕국으로 통째로 옮기는 것은 어떠세요?"

브레인은 자신이 헤이론 왕국이 대공이 되면 아버지 말대로 가문을 새롭게 만드는 것도 나쁘지 않다는 생각이 들었다.

어차피 제국으로 돌아가도 가문이 남아 있는 것도 아니었기 때문이다.

사라진 가문을 새로 세우는 일이니 이제 자리를 잡아가는 이곳 헤이론 왕국에서 시작을 하자는 생각이 들었기 때문이다.

제임스의 말이 없었으면 브레인은 제국으로 돌아가 가문을 세울 생각을 하였겠지만 이제는 마음이 변해서 새롭게 자신만의 가문을 세우려는 생각이 들었다.

제임스도 브레인이 이제는 마음의 부담을 덜고 있다는 생각이 들었다.

"가문의 일은 너의 뜻대로 해라. 그리고 나도 제국의 귀족이 아닌 이제부터는 헤이론 왕국의 귀족이 될 생각이다. 어차피 제국으로 돌아가도 우리의 존재는 희미하게 남아 있지 않겠니."

　제임스는 이미 제국의 귀족이기를 포기하고 있는 것 같았다.

　브레인은 그런 아버지의 얼굴을 보았다.

　혹시라도 자신 때문에 그런 결정을 내린 것이 아닌가라는 생각이 들어서였다.

　아버지의 얼굴에는 약간 씁쓸한 표정을 짓기는 했지만 한편으로는 시원하다는 그런 얼굴을 하고 있었다.

　"아버지, 지금이라도 제국의 귀족이 되기를 원하시면 제국으로 가서 우리 가문을 세우도록 할게요."

　"아니다. 제국은 이제 잊도록 하자. 여기 바로 이곳에서 우리 가문이 아닌 너만의 가문을 세우도록 해라. 그것이 아버지로서 너에게 바라고 있는 일이고 해 줄 수 있는 선물이다."

　제임스는 확고하게 생각을 정리하였는지 브레인을 향해 정색을 하며 말해 주었다.

　아들의 결심을 확실히 정리해 주기 위해서였다.

　그리고 이미 사라진 가문을 위해 브레인이 더 이상 고생을 하는 것을 바라지 않아서이기도 했다.

　"알았어요. 아버지 말씀대로 이제 더 이상은 제국이라는 이름에 연연하지 않겠습니다. 아버지 말대로 이곳에 나의 가문을 세우도록 하지요."

브레인이 헤이론 왕국의 정식 귀족이 되면 국왕이 직접 새로운 성을 하사하게 되고 브레인은 앞으로 그 성을 사용하여 새로운 가문을 열게 되었다.

그렇게 되면 제국의 귀족이었다고 하는 파올로라는 성은 이제 영원히 사라지게 되는 일이었다.

아버지인 제임스에게는 조금 서운한 일이 되겠지만 브레인에게는 아무런 느낌을 주지 않았다.

어려서부터 평민으로 살아왔는데 이제 제국이 아닌 왕국의 귀족이 되는 것에 불만을 가질 일이 없었다.

브레인과 제임스는 이제 확실히 자신들의 입장을 정리하고 있었다.

제국에 미련도 이제는 더 이상 남기지 않고 완전히 정리를 하고 있었다.

브레인은 아버지인 제임스에게 조금은 미안했지만 앞으로 충분히 잘해 드리면 된다고 생각했다.

'아버지, 이제 우리의 새로운 가문은 번성하게 될 거예요. 그리고 편하게 사실 수 있도록 해 드릴게요. 우리 가족은 앞으로 행복하게 살 것입니다.'

브레인은 속으로 그렇게 생각하였다.

가족의 소중함을 브레인도 알고 있었기에 최선을 다해 가족이 편안하게 살 수 있도록 하려는 마음이었다.

브레인이 그렇게 따뜻한 가족 간의 우애를 즐기려고 할

때 갑자기 다급하게 자신을 부르는 소리가 들렸다.

"공작 전하, 적의 진영에 일단의 무리가 합류를 하였는데 아무리 보아도 제국의 기사단이라는 정보가 들어왔습니다."

브레인은 갑자기 제국의 기사단이 왔다는 보고에 그냥 있을 수는 없었다.

"알았다. 아버지 저는 이만 나가 보아야겠습니다. 나중에 이야기를 하지요."

"그래, 어서 가 보거라."

제임스도 제국의 기사단이 왔다는 말에 이제 본격적인 전쟁이 시작된다는 생각을 하였다.

브레인은 바로 작전 회의실로 이동을 했다.

제국의 기사단이 개입이 된다면 헤이론 왕국의 입장에서는 승리를 해도 나중에 문제가 될 수도 있기 때문이었다.

제국의 기사단이 죽게 되면 카이라 제국에서 과연 그냥 그대로 있을지가 걱정이 되어서였다.

물론 일개 귀족가의 기사단이라면 문제가 되지 않지만 브레인의 입장에서 조심스러울 수밖에 없는 일이었다.

"공작 전하, 어서 오십시오."

"그래, 어찌 된 일이오?"

"방금 전에 제국의 기사단이 바이탈 왕국군의 진영에

도착을 하였다는 보고를 받았습니다. 다시 정보를 확인하기 위해 정찰조를 파견하였으니 조금만 기다려 주시면 확실한 정보를 받아 보실 수 있을 것입니다."

"그런데 제국의 기사단이 확실하다고 합니까?"

"예, 제국의 기사단은 확실하다고 하였습니다. 아직 어디 기사단인지를 파악하지 못해 새로운 정찰조를 보낸 것입니다."

브레인은 제국의 기사단이 참전을 하였다는 것에 고민이 되었다.

아버지의 말대로 일개 가문이 개입이 되어 자신의 기사단을 보낸 것이라면 문제가 되지 않겠지만 혹시라도 제국의 개입을 유도하기 위해 이런 행동을 하였다면 이는 심각한 일이었기 때문이었다.

"일단 왕실에 연락을 해서 추후의 상황에 대한 대비를 하라고 하시고 우리는 작전을 짜 봅시다."

"왕실에 무엇이라고 연락을 합니까?"

"아니, 지금 제국의 기사단이 도착을 하였다는 말을 듣지 못했소. 제국의 기사단이 움직이는 것이 일개 가문의 일인지 아니면 제국의 음모인지 알아보아야 하지 않겠소. 왕실에 연락하여 정보를 최대한 모아서 상황을 알아보라고 하시오. 만약에 제국의 음모라면 우리도 다른 방법으로 대응을 해야 할 것이오."

브레인의 말에 귀족들과 지휘관들은 감탄을 하고 말았다.

짧은 시간에 그와 같은 생각을 하고 있었다는 것이 놀라울 뿐이었다.

특히 체리스 후작과 그를 따르는 군부의 귀족들은 브레인을 진심으로 존경하는 눈빛으로 보고 있었다.

"알겠습니다. 바로 왕실에 통신을 하겠습니다. 공작 전하."

지휘관은 바로 대답을 하고는 급히 나갔다.

브레인은 모두가 모여 있으니 일단 가장 중요한 문제부터 처리를 하려고 하였다.

"정찰조는 언제 나간 것이오?"

"조금 전에 출발하였으니 시간 안에는 돌아올 것입니다."

"흠, 그러면 우리는 일단 적이 누구인지를 밝히고 그에 따라 다른 대응을 준비해야 하니 각자 좋은 의견이 있으면 말해 보시오."

브레인의 말에 귀족들과 지휘관들은 잠시 침묵을 지키고 있었다.

이들도 제국이 개입되어 있다는 사실은 알고 있었지만 막상 제국의 기사단이 왔다는 말을 들으니 아무 생각이 없어져서였다.

카이라 제국의 위치는 그 정도로 대륙의 모든 나라를 놀라게 하는 위력을 가지고 있었다.

브레인은 그런 귀족들을 보며 한심하다는 생각이 들었다.

꽝!

"도대체 정신들을 어디에 팔아먹고 다니는 거요?"

브레인이 탁자를 치니 귀족들도 정신이 들었는지 눈동자가 정상이 되고 있었다.

"조… 죄송합니다. 공작 전하."

"아니오. 죄송하다는 소리를 듣고 싶은 것이 아니고 나는 그대들의 좋은 의견을 듣고 싶소."

브레인의 말에 귀족들은 부끄러웠는지 얼굴을 들지 못하고 있었다.

자신들도 생각하니 민망하였기 때문이었다.

체리스 후작은 정신을 차리자 바로 자신의 의견을 제시했다.

"공작 전하, 지금 적의 진영에 와 있는 기사단이 만약에 제국의 기사단이라면 가장 먼저 개인의 기사단인지 제국 황실 소속인지를 알아보고 움직이는 것이 좋을 것 같습니다."

"그렇지요. 일단 적의 기사단이 어디 소속인지를 먼저 파악하고 움직여도 움직여야지요. 그런데 어떻게 대응을 할 것인지는 생각해 보셨소?"

브레인이 보기에는 근본적인 대책은 없어 보여 하는 말이었다.

모두가 제국이라는 말에 얼어서 그러는 것이지 아니면 다른 생각이 있는 것인지는 모르지만 브레인이 보기에는 제국이라는 이름만 듣고 저러는 것으로 보였다.

'정말, 이거 카이라 제국이 그동안 대륙에 미친 영향력이 얼마나 대단하지를 알게 만드는구나.'

브레인은 카이라 제국이 얼마나 강자인지를 이번에 확실히 깨닫게 되었다.

무의식중에 저런 모습을 보여 줄 정도라면 전투가 일어나면 승리는 거의 물 건너갔다는 생각이 들었다.

"저기, 아직 거기까지는 생각지 못했습니다. 죄송합니다."

체리스 후작도 저러는데 다른 귀족은 보지 않아도 알 것 같았다.

"카이라 제국이 강하다고는 하지만 우리도 이제는 강국이 되었다고 생각하오. 마스터의 수가 부족할지는 모르지만 왕국의 모든 힘을 모을 수만 있다면 나는 지지 않을 것이라 자신할 수가 있소. 그러니 모두 제국의 이름에 스스로 무너지는 모습을 보여 주지 않았으면 하오."

브레인의 발언에 귀족들과 지휘관들은 스스로가 생각해

도 부끄러운지 얼굴을 붉히고 있었다.

엔더슨은 이때가 기회라고 생각하고 자신의 의견을 냈다.

"공작 전하, 여기 있는 분들이 비록 카이라 제국이라는 이름에 잠시 정신을 차리지 못했지만 이제는 그런 분이 없을 것입니다. 왕국의 위험에 아무리 카이라 제국이라도 해도 이분들은 목숨을 걸고 전투에 임하실 것입니다. 그렇지 않습니까?"

"맞습니다. 목숨을 걸고 전쟁에 임할 것입니다. 공작 전하."

"그렇습니다. 공작 전하."

엔더슨의 말에 귀족들과 지휘관들은 크게 대답을 하였다.

브레인은 엔더슨이 노린 것이 바로 이런 분위기를 만들려고 하였다는 것을 알았다.

"모두 그렇게 생각한다니 아주 마음에 드는구료. 그대들이 그렇게 전쟁에 임하게 되면 우리 헤이론 왕국은 절대 전쟁에 패배를 하지 않을 것이라고 자신하오."

브레인은 확신을 하고 있었고 그 목소리에는 자신감이 차 있었다.

브레인의 말속에 담긴 진심에 귀족들과 지휘관들도 점점 변하고 있었다.

조금 전의 모습과는 확연히 차이가 나는 모습이었다.

이들에게는 브레인이라는 영웅이 있었고 그로 인해 용기가 생겨 전쟁에 지지 않을 자신감이 생기고 있었다.

카이라 제국에 대한 본능적인 두려움이 서서히 사라지고 있다는 말이었다.

"카이라 제국의 기사단이 아무리 강하다고 해도 저희 왕국은 이번 전쟁에 승리를 하게 될 것을 저는 믿습니다."

"그렇습니다. 공작 전하의 기사단은 우리 왕국에서는 무적의 기사단입니다."

귀족들과 지휘관들은 브레인의 기사단에 대한 확고한 믿음이 생겼다.

물론 이번 기사 대전의 결과도 있었지만 무엇보다 기습에서 보여 준 기사단의 활약은 대단하였기 때문에 이들의 마음을 움직일 수 있는 계기가 되기도 했다.

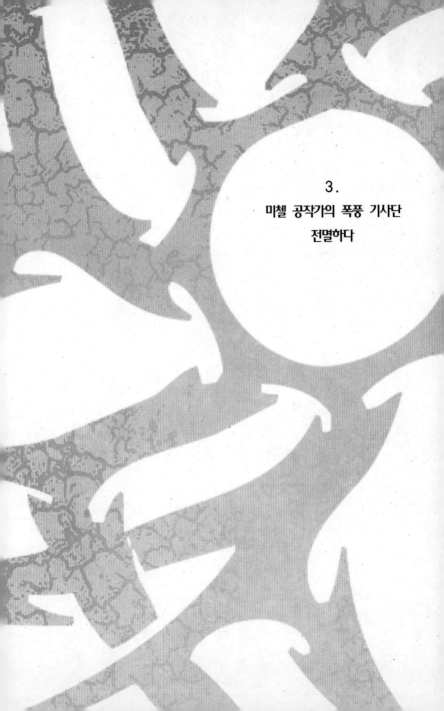

3.
미첼 공작가의 폭풍 기사단
전멸하다

국경성의 성벽 위에는 브레인과 친구들 그리고 귀족들과 지휘관들이 자리를 잡고 있었다.

　오늘은 제국의 기사단이 출전을 하여 치열한 전투가 예상되어서였다.

　"각 성문의 방어는 어찌 되었소?"

　"이미 충분히 방어에 대한 준비를 하였습니다. 아무리 제국의 기사단이 공격을 한다고 해도 걱정을 하지 않아도 됩니다. 공작 전하."

　"제국의 기사단은 우리 기사단이 처리할 것이니 신경 쓰지 말고 바이탈 왕국군의 공격에만 대비를 하면 될 것이오."

브레인의 말에 체리스 후작은 입가에 미소를 지으며 커다랗게 대답을 하였다.

"예, 알겠습니다. 공작 전하."

바이탈 왕국군이 아무리 강하다고 해도 자신들이 방어를 하는 것은 그리 어렵지 않다고 생각하고 있어서였다.

헤이론 왕국의 전력도 그리 떨어지지 않는다고 스스로도 자신을 하고 있어서였다.

브레인은 왕국군에는 그렇게 지시를 하고 자신의 기사단을 보며 조용히 입을 열었다.

"우리는 제국의 기사단을 상대하여 절대 밀리지 않아야 한다. 이는 우리 왕국의 사기와 관련이 되기 때문이다. 기사들은 이 점을 명심하고 이번 대결에 전력을 기울이기 바란다. 특히 적의 기사단 중에는 마스터도 있을 것이다. 마스터는 우리 기사단의 마스터가 상대를 하면 되니 다른 기사들은 마스터에 대해서는 신경 쓰지 않아도 된다. 모두 이길 수 있겠나?"

브레인의 말에 기사들은 커다랗고 자신감이 넘치는 목소리로 대답을 하였다.

"저희는 제국의 기사단이 아니라 어떤 기사단과 대결을 하여도 지지 않습니다. 우리는 무적의 기사단입니다. 공작 전하."

기사들의 대답과 그들의 눈빛을 보니 마음에 드는지 브

레인도 만족한 미소를 지었다.

"이번 제국군을 상대하는 대결에는 나를 포함한 모든 마스터들이 참전을 할 것이다. 그러니 절대 밀리지 않을 것이다. 제국의 기사단을 모두 섬멸하여 헤이론 왕국의 힘을 보여 주자."

챙!

브레인이 자신의 검을 뽑아 하늘을 향해 찔렀다.

챙챙챙!

"우리는 무적의 기사단이다."

기사들도 브레인의 행동을 그대로 따라 하며 외쳤다.

기사단의 외침에 주변에 있는 지휘관들과 다른 기사들도 이들을 부러움이 가득한 눈빛으로 보고 있었다.

브레인은 기사단의 사기가 하늘을 찌르고 있다는 것에 아주 만족했다.

이 정도의 사기라면 절대 지지 않을 것이라는 확신이 들어서였다.

'제국의 기사단이 어디에 소속이 되어 있는지 아직 알지 못하니 조금 곤란하기는 하지만 그래도 우리는 충분한 전력을 가지고 있으니 승부에는 걱정이 없을 것이다.'

브레인은 이 정도면 충분히 이길 수 있는 전력이라고 생각하였다.

자신이 직접 훈련을 시켜 이제는 당당히 한 사람의 실

력자가 되어 있는 기사단이었기에 믿음을 가지고 있었다.

브레인이 만반의 준비를 하고 전투에 임하려고 할 때 바이탈 왕국군이 있는 진영에서도 전투를 위한 준비를 하고 있었다.

"공작 전하, 모든 준비를 하였습니다."

"제국의 기사단은 어찌 한다고 하든가?"

"제국의 기사단이 먼저 출전을 하여 기사단과의 대결을 하려고 하는 것 같습니다."

"그렇겠지. 마스터가 세 명이나 있는 기사단이니 당연히 그렇게 하겠지. 자네가 보기에는 이번 기사단의 대결이 어찌 될 것 같은가?"

"저는 제국의 기사단이 승리를 할 것으로 보입니다. 이는 마스터만 있는 것이 아니라 마스터가 되기 전의 기사들이 많이 있는 기사단이기 때문입니다."

기사단의 전투는 개인의 실력도 중요하지만 무엇보다도 전체의 실력이 중요했다.

기사단 전체가 가지고 있는 전력이 얼마나 강하냐에 따라 승부가 결정되기 때문에 바이탈 왕국군이 제국의 기사단에 승리를 자신하고 있었다.

아직까지 브레인의 전력을 모르고 있으니 가지는 생각이었지만 말이다.

"공작 전하, 벨로에 백작께서 오셨습니다."

"안으로 드시라 하게."

레스트 공작은 제국의 백작이면서 마스터의 경지에 오른 인물이라 앉아서 맞이할 수가 없었는지 일어서 있었다.

제국의 기사단은 오늘 있을 출전에 상당한 기대를 하고 있었다.

이들은 그동안 수련을 하기는 했지만 실전이 부족하다고 항상 하소연을 하는 기사단이었기에 이번 출전에 아주 만족한 기분으로 이곳으로 오게 된 것이다.

"어서 오시오. 벨로에 백작."

"다시 봅니다. 레스트 공작 전하."

벨로에 백작은 사실 레스트 공작을 그리 대수롭지 않게 생각하고 있었다.

일개 왕국의 공작이라고 해도 자신과는 비교할 수 없는 입장이었기 때문이었다.

그런 생각이 스스로 거만하게 행동을 하게 만들고 있었지만 지원군을 받는 입장인 바이탈 왕국의 입장에서는 그런 제국의 기사단이 하는 행동에 반발을 할 수는 없었다.

"오늘은 기사단이 먼저 출진을 하시려고 하는 것이오?"

"우리 기사단은 제국 제일의 기사단이니 적의 기사단을 죽이게 되면 아마도 왕국의 입장에서는 상당한 사기가 오르게 될 것이오. 그러니 우리가 먼저 출진을 하는 것이 좋지 않겠소."

말은 틀리지 않지만 기분은 아주 더러운 기분을 느끼고 있는 레스트 공작이었다.

공작은 입술을 살며시 깨물며 참고 있었다.

이제는 어쩔 수 없으니 이대로 전쟁을 진행시킬 수밖에 없어서였다.

이대로 후퇴를 하게 되면 자신과 자신을 따르는 귀족들은 모두 힘을 잃게 될 것이기 때문이었다.

"그러면 먼저 출진을 하여 적의 사기를 꺾어 주시기 바라오. 벨로에 백작."

"걱정 마시오. 내가 가서 아주 박살을 내 주겠소."

벨로에 백작은 자신 있게 대답을 하고는 나갔다.

사실 오늘 전투에 이렇게 말을 하지 않아도 되었지만 그래도 명색이 제국의 지원군으로 왔으니 왕국의 총사령관에게 보고는 해 주어야 하는 입장이라 어쩔 수 없이 온 것이다.

벨로에 백작은 기사단이 있는 곳으로 돌아오자 이내 기사단을 보며 명령을 내렸다.

"폭풍의 기사단이여, 우리는 제국의 제일 기사단이라는 것을 잊지 말고 오늘 있을 전투에서 우리 기사단의 이름을 영원히 남기도록 하자."

단장의 외침에 기사단의 기사들은 열렬한 환호를 질렀다.

"폭풍의 이름에 영광이!"

"제국에 영광을!"

기사단의 외침은 전장을 울렸다.

국경성에 있는 브레인도 기사단의 외침에 저들의 신분을 알게 될 정도였다.

브레인은 적의 기사단이 폭풍의 기사단이라는 소리를 듣자 속에서 열불이 나고 있었다.

그때 브레인이 있는 곳으로 달려오는 사람이 있었는데 바로 제임스였다.

"아니, 아버지가 여기를 어떻게 오셨습니까?"

"적의 기사단이 폭풍의 기사단이라고 들었다. 이번 전투에 나도 참전을 하게 해 주었으면 하는구나."

제임스는 간절한 시선으로 브레인을 바라보았다.

제임스는 가문을 멸망시킨 기사단의 바로 폭풍의 기사단이라는 것을 기억하고 있으니 이들의 이름을 듣고는 그대로 있을 수가 없어 이렇게 달려온 것이다.

"아버지가 참전을 하시지 않아도 우리는 승리를 할 수 있습니다. 그러니 전투에 참가할 생각은 마시고 우리의 전투를 지켜보세요."

"아니다. 나는 가문의 원수를 앞에 두고 그냥 볼 자신이 없으니 이번 전투에 나도 참가를 하게 해 주었으면 한다."

제임스는 평소에 하는 말과는 다르게 상당한 무게가 느껴지게 말을 하고 있었다.

그만큼 현재 제임스가 가지고 있는 마음의 자세가 다르다는 말이었다.

브레인은 아버지가 지금 무슨 생각을 하고 계시는지를 알 수 있었다.

평생 복수를 생각하고 살았지만 마나 호흡법이 없어 눈물을 삼키고 참을 수밖에 없었는데, 이제 자신도 힘이 생기자 원수를 눈앞에 두고 그냥 있을 수가 없었기 때문에 이렇게 참전을 하려고 한다는 것을 말이다.

브레인은 그런 아버지를 외면할 수가 없었다.

"이번 기사단의 대결에 아버지도 참가를 하세요. 저와 함께 그놈들을 상대하면서 원수를 갚으세요."

"고맙다. 브레인."

제임스는 불타는 눈빛으로 브레인을 보았다.

국경성에서는 제국의 기사단을 상대하기 위해 모든 준비를 마치고 있었다.

헤이론 왕국이 준비를 마치고 대기를 하는 동안 바이탈 왕국에서는 제국의 기사단이 가장 먼저 출전을 하고 있었다.

"우리는 카이라 제국의 폭풍 기사단이다. 헤이론 왕국에 우리 기사단과 대결을 할 기사단이 감히 있겠느냐?"

제국의 기사단이라는 오만이 똘똘 뭉쳐 있는 이들을 보고 브레인은 빙그레 미소를 지으며 아버지를 보았다.

"아버지, 이제 그만 내려가지요."

"그래, 당장 가서 저놈들을 모두 쓸어버리자."

"밑에 기사단이 준비를 하고 있으니 그냥 내려가시기만 하면 됩니다."

"어서 가자."

제임스는 마음이 급한 모양인지 급히 성벽을 내려갔다.

브레인은 그런 아버지를 보며 웃으며 체리스 후작을 향해 고개를 끄덕였다.

상대의 말에 답변을 해 주라는 뜻이었다.

체리스 후작도 브레인의 뜻을 알아듣고 이내 고개를 끄덕이고는 제국의 기사단을 향해 고함을 쳤다.

"카이라 제국은 강대국인데 어찌 우리 왕국들이 전쟁에 참전을 하는 것인가? 그대들은 제국의 자존심도 없는 것인가?"

체리스 후작은 제국에 대한 두려움이 사라지자 마음 놓고 제국의 기사단을 향해 마음속에 있던 이야기를 하였다.

체리스 후작의 말에 폭풍 기사단의 단장인 벨로에 백작은 화가 났는지 얼굴이 시뻘게지고 있었다.

"감히 제국의 기사단에 그런 말을 하다니 오늘 헤이론 왕국이 무너지는 것을 보고 싶은 모양이구나. 폭풍의 기사단이 기사단 대결을 그대 헤이론 왕국에 청한다."

기사단의 대결은 전쟁의 승패를 좌우하는 아주 중요한 일이었지만, 체리스 후작은 브레인이 이미 지시를 내린 대로 대답을 해 주었다.

"대 헤이론 왕국에 기사단의 대결을 청했으니 당연히 해 주어야겠지. 기다리라. 지금 기사단이 준비를 하고 있으니 나가서 그대들을 상대해 주겠다."

체리스 후작의 말에 성벽 위에 있던 헤이론 왕국군은 사기가 크게 올랐다.

"와아아아, 헤이론 왕국 만세."

"헤이론 왕국의 기사단에 영광이."

벨로에 백작은 헤이론 왕국의 상황이 자신이 원하는 것과는 다르게 진행이 되자 기분이 별로 좋지 않았다.

그러자 주변에 모여 있던 기사들을 보며 이를 갈며 지시를 내리고 있었다.

"오늘 기사 대결에 나오는 놈들은 한 놈도 살려 두지 마라. 본보기로 보여 주어야 할 것 같으니 말이다."

"그렇습니다. 감히 우리 폭풍 기사단을 무시하는 말을 했으니 당연한 일입니다. 이번 기사 대결을 마치고 바로 공격을 하여 저 성을 함락해야겠습니다."

"그렇게 하세."

폭풍 기사단은 이번 전쟁에 자신감을 보여 주고 있었다.

제국 제일의 기사단이라는 이름이 이들에게 힘을 주고 있는 모양이었다.

성벽의 밑에서는 기사단이 준비를 하고 나가려고 하고 있었다.

가장 선두에는 브레인과 제임스가 자리를 지키고 있었다.

제임스는 가문의 기사들이 입는 갑옷을 입고 있었다.

"자, 출전이다. 나가서 제국의 기사단을 뭉개 버리자. 제국에서 가장 강한 기사단은 바로 우리라는 것을 알리도록 하자."

"우리는 무적의 기사단이다."

"무적의 기사단의 승리를 위해."

기사들은 언제부터인가 무적의 기사단이라는 말을 자주 사용하고 있었다.

아직까지 대륙에서 무적 기사단이라는 이름을 사용하는 기사단은 아무도 없었다.

무적 기사단이라는 말은 아무나 사용하는 것이 아니기에 이들은 그 이름에 더 집착하고 있는 것인지도 모르지만 말이다.

거대한 성문이 열리면서 브레인이 가장 먼저 소리를 쳤다.

"가자."

두두두.

기사단은 힘차게 말을 몰아 달리기 시작했다.

헤이론 왕국의 기사단이 나오는 것을 보고 있던 제국 기사단의 벨로에 백작은 그런 기사단을 보며 비릿한 미소를 지으며 고함을 쳤다.

"적의 기사단이 나왔다. 폭풍 기사단의 이름으로 적의 기사단을 지우도록 하라."

"공격 명령이 떨어졌다. 모두 공격하라."

"와아아 공격이다."

폭풍 기사단은 전쟁은 처음이었지만 자신들의 기사단에 자부심을 가지고 있는 기사들이라 과감하게 공격을 하려고 하였다.

폭풍의 기사단과 무적 기사단의 전투는 이렇게 대륙에 알려지기 시작했다.

제국 기사단 삼백대 헤이론 왕국 기사단 이백오십의 대결이었지만 헤이론 왕국군은 절대 지지 않을 것이라는 확신을 가지고 있었다.

마스터가 무려 다섯이나 되는 기사단이었기에 이들은 걱정도 하지 않고 있었다.

두 기사단이 대결을 위해 달리는 말에 의해 주변에는 자욱한 먼지가 날리기 시작했다.

가까이 있는 기사들끼리는 모르지만 멀리 있는 사람들

의 눈에는 먼지만 보였다.

"제국의 기사단은 한 명도 살려 보내지 마라."

브레인의 명령에 기사단은 힘차게 검을 뽑았다.

챙챙챙!

브레인을 따르는 기사들이 힘차게 검을 뽑으며 적의 기사단을 공격하기 시작했다.

"죽어라."

"감히 제국의 기사단에게 검을 겨누다니 죽으려고 환장을 했구나."

챙챙챙!

파각!

꽝! 꽝!

기사들의 대결은 치열하게 이루어지고 있었다.

양측이 모두 양보를 할 수 없는 입장이라 어쩔 수 없이 서로를 죽여야만 했다.

그중에 제임스는 자신의 모든 마나를 이용하여 적의 기사들을 죽여 나가고 있었다.

이미 마스터의 경지라고 해도 무방할 제임스의 공격에 폭풍의 기사들도 상대를 하지 못하고 죽어 나가고 있었다.

서걱!

"크윽!"

"크악!"

제임스는 기사들을 마치 철천지원수라도 되는 듯이 죽여 나가고 있었다.

제임스의 옆에서는 브레인이 폭풍의 기사단을 죽이며 아버지를 지키고 있었다.

아직은 제임스의 실력이 우위에 있으니 기사들에게 당하지는 않고 있지만 많은 기사들이 몰리게 되면 위험해질 수도 있어서 브레인이 지켜보고 있는 중이었다.

'아버지 오늘 가슴속에 있는 원한을 모두 푸시고 이제부터는 원한을 버리고 어머님과 행복하게만 사세요.'

브레인은 아버지의 가슴속에 남아 있는 원한을 이번에 확실히 제거를 해 드리고 싶었다.

전부가 아닐지도 모르지만 최소한 응어리를 풀릴 것이라고 생각하는 브레인이었다.

브레인은 아버지에게 다가 가는 기사들을 빠르게 제거하고 있었고, 제임스는 그런 브레인이 자신을 도와주고 있는지도 모르고 열심히 적을 죽여 나갔다.

서걱!

"크아악!"

폭풍의 기사단은 헤이론 왕국의 기사단과 대결에 그리 크게 생각지 않고 있었는데 막상 대결이 진행이 되면서 많은 피해를 입게 되자 가장 뒤에 남아 있던 기사단의 실력자들이 나서지 않을 수가 없게 되었다.

"저, 저놈들을 저대로 두면 우리 기사들의 피해가 더 커지겠습니다. 단장님."

"당장 나를 따르라."

벨로에 백작은 성격이 급하기는 하지만 자신의 기사단 원을 아끼는 단장이었다.

그런데 그런 기사들이 죽어 나가니 화가 나지 않을 수가 없었다.

벨로에 백작이 나서는 것을 보고 브레인의 친구들도 그들을 상대하기 위해 나서고 있었다.

세 명의 마스터와 네 명의 마스터가 대결을 하는 것이라 충분히 승리를 할 것으로 보고 있는 브레인이었다.

물론 전쟁에는 변수라는 것이 있을 수가 있으니 조심해야겠지만 말이다.

벨로에 백작은 기사들이 있는 곳으로 가려고 하였다가 자신들을 향해 다가오는 상대의 기운을 느끼고는 조심하지 않을 수가 없었다.

상대도 자신들과 마찬가지로 마스터의 기운을 풍기고 있어서였다.

"모두 조심해라. 적도 마스터다."

벨로에 백작의 말에 부단장으로 있는 안젤로 자작은 놀란 눈으로 상대를 보게 되었다.

벨로에 백작의 말대로 상대는 결코 무시할 수 없는 강

자들이었다.

"마스터의 대결이라 정말 해 보고 싶었는데 잘되었군."

안젤로 자작은 그동안 마스터에 오르면서 한 번도 마스터와는 대결을 하지 못했다.

그래서 항상 불만이 바로 마스터와의 대결이었는데 오늘 자신의 소원을 풀게 되었으니 죽어도 한이 없다는 표정을 짓고 있었다.

알렉스는 그런 적을 보며 조금은 긴장이 되기도 했다.

바이탈 왕국의 마스터와는 수준이 달라 보여서였다.

"적의 기운을 보니 우리와 비슷한 수준의 기사이니 절대 무시하는 마음을 버리고 전투에 임하자."

"알았어. 걱정하지 마라."

친구들도 이미 적의 실력을 어느 정도는 파악하고 있는 모양이었다.

네 명과 셋이 마주 보고 있었지만 주변에는 아무도 이들을 보고 있지 않았다.

이들을 볼 시간이 없어서였다.

챙챙챙!

"죽어랏!"

"너나 죽어라. 이놈!"

"크으윽!"

"아악!"

기사들은 치열한 난전이 벌어지고 있었다.

두 기사단의 실력은 비슷하였지만 브레인의 기사단이 조금씩 승기를 잡아 가고 있었다.

이는 브레인과 제임스가 선봉에 서서 기사들을 죽여 나가고 있어서였다.

특히 브레인의 검에 많은 기사들이 죽자 감히 브레인이 있는 곳으로는 오려고 하지도 않는 폭풍 기사단이었다.

제임스는 그런 기사들을 찾아다녔고 브레인은 제임스를 따라 이동을 하면서 적을 죽여 나갔다.

폭풍의 기사단에 가장 강한 실력자들이 묶여 있으니 다른 기사들이 밀리고 있었다.

챙챙챙!

"크윽! 이놈들이……."

"아악!"

"안 돼! 스테인!"

폭풍의 기사단원들이 죽자 개중에 친하게 지내는 기사가 죽은 기사의 이름을 애타게 부르며 달려갔다.

하지만 친구도 좋지만 지금은 전투를 하는 시간이기 때문에 자신의 안위를 먼저 챙겨야 하는 상황이었다.

기사는 달려가다가 적의 공격에 결국 달려가는 발걸음을 멈추고 말았다.

"이… 이놈들이……."

챙챙!

"그대들은 오늘 이곳에서 절대 그냥 가지 못한다."

"감히 일개 왕국의 기사가 제국의 기사단을 상대로 그런 말을 할 수 있다고 생각하는 것이냐?"

"그대가 제국의 기사라는 것은 알고 있다. 그러니 그런 걱정을 하지 않아도 되니 조용히 죽어 주기만 해라. 챠앗!"

기사는 더 이상 시간을 끌지 않고 바로 공격을 하였다.

상대가 공격하니 제국의 기사도 적의 공격을 방어하기 위해 검을 이용하여 막고 있었다.

챙챙!

"제법 실력이 있지만 오늘 그대가 살아가기는 힘들겠구나."

무적 기사단원은 상대의 실력이 자신보다 약하다는 것을 알고는 더욱 강하게 공격을 하였다.

챙챙챙!

제국의 기사는 상대가 강하게 공격을 하니 방어는 하고 있지만 자신의 실력이 딸린다는 것을 느끼고 있었다.

'우리가 헤이론 왕국의 기사단에 대해 너무 모르고 있었구나. 이 정도의 전력이라면 제국의 다른 기사단과도 충분히 상대할 수 있는 기사단이라는 것을 말이다.'

기사는 상대의 말대로 오늘 자신이 살아남기는 힘들 것

이라는 생각이 들었다.

　그래도 최소한 적의 검에 힘없이 죽을 수는 없는 일이라고 생각하고는 최선을 다해 적을 막아 나갔다.

　서걱!

　"크으윽! 억울하…구…나."

　기사는 무엇이 그렇게 억울한지 눈을 감지 못하고 죽고 말았다.

　적의 죽음에 애도를 해야겠지만 지금은 그런 개인의 사정을 생각할 시간이 없으니 바로 다른 상대를 찾아 눈길을 돌리고 있었다.

　이렇게 무적의 기사단은 폭풍의 기사단을 상대로 차분히 기사단을 줄여 나가고 있었다.

　알렉스가 있는 곳에는 지금 엄청난 굉음이 울려 퍼지고 있었다.

　꽝! 꽝!

　과르르릉!

　우르르릉!

　챙챙챙!

　"알렉스, 저기 보이는 놈이 가장 약해 보이니 저놈을 먼저 상대하자."

　"알았다."

　알렉스와 피터는 전투에 시간이 길어질 것을 염려하여

가장 약해 보이는 적에게 두 명이 동시에 공격을 하려고 하였다.

세 명과 네 명이었지만 그중에 벨로에 백작의 실력이 제법 뛰어나 상대를 죽이기가 쉽지 않아서였다.

이렇게 가다가는 서로가 힘들게 될 것에 결국 무리를 하여 적을 죽이는 것으로 결정을 했다.

친구들 중에서 카알이 벨로에 백작을 잠시 상대를 하고 케리가 다른 마스터를 맡게 되었다.

"챠앗!"

츄파앗!

알렉스와 피터는 시간이 급하니 최대로 강한 공격을 하였다.

두 사람의 검에서는 강력한 마나가 진동을 하였고, 폭풍의 기사단의 마스터도 적의 공격에 방어를 하고는 있지만 두 명의 마스터를 상대하기에는 아직 실력이 부족해 보였다.

"크익!"

"어서 공격해."

피터는 상대가 부상을 입었다는 것에 빠르게 알렉스에게 공격하라고 하고 있었다.

"이얏!"

서걱!

"크아악!"

알렉스의 검에서 푸르른 빛이 번쩍이면서 상대의 팔을 베어 버렸다.

비록 검을 들고 있는 팔은 아니었지만 길게 입은 검상으로 인해 상대도 더 이상 두 명의 마스터를 상대할 수가 없게 되었다.

벨로에 백작은 수하가 당하는 것을 보니 눈이 돌고 있었다.

"이… 이놈들 그냥 두지 않겠다."

벨로에 백작의 검에서는 전보다 더욱 강한 마나가 느껴지고 있었고, 백작을 상대하는 카알은 힘에 겨운 표정을 짓고 있었다.

이들이 힘겹게 적을 상대하고 있는 사이 브레인은 적의 기사가 더 이상 자신이 있는 곳으로는 오지 않는 것을 보고 제임스와 함께 친구들이 전투를 하고 있는 방향으로 이동을 하고 있었다.

브레인이 도착을 할 시간에는 카알이 힘겹게 벨로에 백작을 상대하고 있는 중이었다.

브레인은 카알이 조금만 늦었으면 상당히 위험했다는 것을 알고는 바로 벨로에 백작을 상대하기 위해 달려들었다.

"카알, 내가 왔다."

브레인의 목소리에 카알은 이제 살았다는 표정이 되었다.

챙챙챙!

"웬 놈이냐?"

"입이 거칠은 놈이구나. 나는 브레인 공작이라고 한다."

브레인의 말에 벨로에는 조금 놀란 얼굴로 상대를 보았다.

마스터 중급의 실력자라고 바이탈 왕국의 진영에서 들었기 때문이다.

'이런 제기랄, 헤이론 왕국에 어떻게 저리 마스터가 많이 있다는 말인가.'

벨로에 백작은 적의 기사단을 상대하면서 자신들이 적을 너무 우습게 보았다는 것을 확실히 깨닫고 있었다.

적의 전력은 자신들과 비교를 해도 훨씬 강한 전력을 가지고 있었기 때문이다.

지금도 수하들이 죽어 나가는 비명 소리 때문에 가슴이 미칠 것 같은 기분이었다.

벨로에 백작은 더 이상 시간을 끌었다가는 모두가 전멸을 할 것이라는 생각에 적어도 한 명은 살아 이들의 힘을 전해 주어야 한다는 생각이 들었다.

벨로에 백작이 이런 생각을 하고 있는 사이 들리는 비

명 소리가 있었다.

"크아악!"

제국의 마스터이자 기사단의 부단장이 죽으며 남기는 마지막 비명 소리였다.

"토마슨!"

마스터의 죽음은 벨로에 백작의 마지막 희망이 무너지게 만들었다.

"제국의 마스터가 강하기는 강하구나."

"딴소리 하지 말고 저기 케리가 상대하는 놈도 강해 보이니 도와주러 가자."

케리가 상대하고 있는 기사는 폭풍 기사단의 부단장인 안젤로 자작이었다.

안젤로 자작은 지금 심리적으로 상당히 불안한 상태였다.

마스터라고 해서 죽음의 공포에서 완전히 벗어난 것은 아니었기 때문이다.

'이들이 우리가 생각하는 헤이론 왕국이란 말인가?'

안젤로 자작은 제국에서 검을 수련하면서 항시 듣는 말들이 생각났다.

제국에서는 왕국들의 전력에 대해 항상 약한 나라라는 말을 사용하고 있었다.

제국의 힘에 눌려 지내는 그런 나라라고 말이다.

그런데 지금 자신이 느끼는 힘은 제국의 어느 기사단보다도 강하게 느껴졌다.

이런 힘이 약한 나라라고 생각하고 있는 제국의 교육이 잘못되었다고 생각이 드는 안젤로 자작이었다.

'빌어먹을, 이게 약하면 도대체 어떤 것이 강하다는 거야.'

안젤로 자작은 상대의 마나가 자신보다는 약하지만 이상한 검술 때문에 결정적인 순간을 잡지 못하고 있었다.

자신의 친우이자 같은 기사단의 부단장이 죽는 것을 눈으로 보고도 도움을 주지 못하고 있으니 그 심정은 미칠 것 같았다.

알렉스와 피터는 케리가 있는 곳으로 갔다.

"케리, 이제 천천히 적을 상대하자. 우리도 도와줄게."

알렉스는 브레인이 와서 이제 조금 마음의 여유를 가지게 되었기에 하는 말이었다.

친구들도 브레인이 등장하면서 긴장감이 풀어지고 있었다.

이들에게는 브레인은 영원한 강자로 인식이 되어 있었기 때문이다.

자신들이 영원히 이길 수 없는 그런 상대로 친구들의 뇌리에 기억되어 있는 사람이 바로 브레인이었다.

알렉스와 두 명의 마스터가 자신에게 다가오니 안젤로

자작은 더 이상 희망이 사라졌다는 것을 깨달았지만 정말 이대로 죽어야 한다는 것이 억울했다.

"너희들이 기사라면 어떻게 마스터가 되어서 합공을 하려고 하느냐."

안젤로 자작의 말에 알렉스가 대답을 해 주었다.

"우리는 원래 이래. 그리고 마스터는 따로 해야 한다는 것은 누가 정한 거야? 우리는 항상 같이 움직이니 그냥 조용히 죽어 주었으면 좋겠어. 나 힘들게 하지 말고 말이야."

알렉스는 전혀 부끄러움이 없다는 표정으로 말을 해 주었다.

그런 알렉스의 말에 피터와 케리도 고개를 끄덕였다.

이들이 검술을 수련하면서 브레인에게 배운 것이 죽는 것보다는 합심하여 공격을 하라는 것이었다.

이는 두들겨 맞으면서 배운 것이라 쉽게 지워지지 않는 교육이었다.

"이… 이, 미친놈들이……."

안젤로 자작은 기사도도 모르는 무식한 놈들이라는 생각에 화가 났다.

자신이 저런 놈들에게 이런 대접을 받으려고 그렇게 힘들게 수련을 하였는가라는 생각이 들어서였다.

"시간이 없으니 최대한 빨리 정리를 하자."

피터는 기사들이 희생을 당하게 할 수 없어서 하는 말이었다.

"그럼, 간다. 챠앗!"

알렉스가 가장 먼저 공격을 하였고 케리가 안젤로 자작의 우측을, 피터는 좌측을 공격하였다.

한 명의 마스터와는 그리 힘들지 않게 상대를 하였지만 지금은 세 명의 마스터가 동시에 공격을 하니 안젤로 자작도 방어를 최대한 하였지만 검상을 입는 것은 어쩔 수 없었다.

서걱!

"크으윽!"

검상을 입었지만 안젤로 자작은 부상을 입었다고 가만히 있을 수가 없는 입장이었다.

또 다른 공격이 시작되어서였다.

챙챙챙!

"이… 비겁한 놈들아! 너희들이 그러고도 기사냐?"

"우리 기사 아냐. 그러니 그냥 죽어 줘."

쉬이익!

찌이익!

"크윽!"

안젤로 자작은 상대의 공격에 등에 옷이 찢어지면서 커다란 부상을 입고 말았다.

비틀!

그 순간을 기회로 보고 알렉스는 바로 공격의 강도를 올렸다.

"챠앗!"

서걱!

"크아악!"

툭!

안젤로 자작은 간신히 알렉스의 검을 피한다고 몸을 오른쪽으로 틀었지만 동작이 조금 늦었는지 왼팔을 알렉스의 검에 잘리고 말았다.

"케리, 마무리를 지어라."

피터는 안젤로 자작을 처음부터 상대를 한 케리가 안젤로 자작의 마지막을 처리해야 한다고 생각하고 소리를 쳤다.

"알았다. 부디 좋은 곳으로 가기를 바라겠소."

케리는 안젤로 자작이 부상 때문에 더 이상 검을 들지 못한다고 보고 깨끗하게 보내 주기로 마음을 먹었다.

케리는 검을 들어 안젤로 자작에게 일검을 선사했다.

파앗!

푸욱!

"아아악!"

안젤로 자작은 죽는 것이 억울한지 눈을 감지 못하고

자신의 심장에 박혀 있는 검을 보며 죽고 말았다.

"시간 없으니 빨리 기사들을 정리하러 가자."

알렉스는 브레인의 명령에 따라 제국의 기사단은 한 명도 살려 두지 않을 생각이었다.

"가자."

친구들이 제국의 기사들이 있는 곳으로 달려갔다.

브레인은 벨로에 백작과 치열한 전투를 벌이고 있었다.

아직은 브레인의 검술이 완전하지 않아서인지 벨로에 백작을 바로 죽이지는 못하고 있었다.

챙챙챙!

"헤이론 왕국에 그대와 같은 자가 있다는 정보만 있었어도 이렇게 당하지는 않았을 것이다."

벨로에 백작은 부단장들이 죽었다는 것을 알고 자신도 오늘 이 자리에서 살아가기는 힘들다는 것을 느꼈는지 브레인을 보는 눈빛이 담담해져 있었다.

성격이 호방한 벨로에 백작이라 그런지 죽음 앞에서도 담담해질 수 있는 모양이었다.

"카이라 제국이 모르는 마스터들이 대륙에 많다는 사실을 몰라서 그런 것이오. 그리고 그대의 실력도 대단하오."

브레인의 칭찬에 벨로에 백작은 입가에 미소를 지었다.

비록 적이지만 자신과 전투를 하는 상대가 결코 자신보다 약하지 않다는 것을 느꼈고, 그런 상대가 자신을 인정해 주고 있으니 벨로에 백작의 가슴을 따뜻하게 해 주었다.

"브레인 공작, 내 마지막이 될지 모르지만 오늘의 대결은 후회 없는 대결이었으면 하오……."

벨로에 백작의 말투가 달라졌다.

적이지만 자신도 인정을 하였고 적도 자신을 인정해 주는 이상한 관계라 그런지 전과는 확연히 다른 분위기가 되어 있었다.

"알겠소. 그대가 원하는 대로 될 것이오."

브레인은 벨로에 백작을 보며 대답을 해 주었고 두 사람은 더 이상의 말은 없었다.

검을 들고 서로를 보는 시선이 적이라기보다는 즐기는 사이 같아 보였다.

"나의 비기이니 조심하시오. 챠앗!"

벨로에 백작의 비기는 역시 비기인지 엄청난 마나의 힘을 느끼게 하였다.

백작의 검에서는 마나의 광채가 빛을 내며 순식간에 브레인의 몸을 양단할 것 같이 달려들었다.

브레인도 상대를 경시하지 않고 자신이 알고 있는 검술 중에 가장 최근에 깨달은 검술을 펼쳤다.

"이것이 최근에 깨달은 나의 검이오. 하앗!"

브레인의 검에서는 엄청난 힘은 느껴지지 않았지만 마

치 태풍전의 고요함처럼 잔잔한 포용의 힘을 느끼게 하였다.

두 기운은 서로를 행해 달려들었고 충돌을 하였다.

꽝! 꽝!

우르르르 꽝!

두 기운의 충돌에 주변에 있는 마나들도 요동을 치기 시작했다.

엄청난 기운들의 충돌은 기사들의 전투를 멈추게 할 정도였다.

누가 죽었는지 알 수가 없을 정도로 비명 소리마저 들리지 않고 있으니 양측의 기사들도 눈을 부릅뜨고 상황을 파악하려고 하였다.

자욱한 먼지가 서서히 가라앉으면서 장내의 광경이 눈에 보이기 시작했다.

브레인은 담담한 시선으로 벨로에 백작을 보고 있었지만 벨로에 백작은 입에서 계속해서 피를 흘리고 있었다.

"쿨럭! 정…말, 대단한… 검술…이었소. 쿨럭!"

"그대의 마지막 비기도 매우 훌륭하였소. 처음으로 그대와 같은 강자와 대결을 하였으니 말이오."

브레인도 마스터들과 대결을 하였지만 벨로에 백작이 가장 강자라고 생각하고 있었다.

"부디, 나의… 수하들…에게… 인정을 …베풀어 주시

오… 커억!"

털썩!

벨로에 백작은 마지막 말을 전하고는 그대로 쓰러졌다.

"단장님!"

"벨로에 백작님!"

제국 기사단원들은 자신들에게 하늘과 같은 우상이 쓰러지는 모습을 보고는 모두가 놀라 고함을 쳤다.

하지만 이미 죽은 사람이 살아날 수는 없는 일이었기에 벨로에 백작은 미동도 없이 차디찬 바닥에 그대로 누워 있었다.

브레인은 벨로에 백작이 쓰러지자 조금 기분이 찹찹했다.

그리고는 옆에 있는 제임스를 바라보았다.

벨로에 백작의 마지막 말을 어찌할 것인지를 묻고 있는 것이었다.

제임스는 적이지만 수하를 사랑하는 마음은 누구나 같다는 것을 알았는지 조금은 심란한 기분이었는데 브레인이 자신을 바라보자 고민이 되었다.

제국의 기사단 중에 살아남아 있는 수는 얼마 되지 않아서였다.

알렉스와 친구들이 기사들을 그만큼 죽였기에 삼백의 기사들 중에 지금 살아 있는 기사는 오십이 조금 넘는 수만 남아 있었다.

브레인의 이런 마음을 모르는 폭풍 기사단원들의 눈빛
은 비장함에 젖어 들었다.

"단장님이 돌아가셨다. 마지막까지 최선을 다해 공격하
라."

"폭풍 기사단의 명예를 위해!"

"명예를 위해!"

살아남은 기사들은 스스로의 명예를 위해 죽기를 바라
고 있었다.

브레인은 고민을 접고 이내 기사단에게 명령을 내렸다.

"남아 있는 적을 모조리 죽여라."

"와아아, 죽여라."

이미 브레인이 적의 수장을 죽였기 때문에 이들의 사기
는 하늘을 찔렀다.

기사들과 기사들이 다시 치열하게 전투가 벌어졌지만
승기는 이미 헤이론 왕국의 기사단이 가지고 가고 있었다.

살아남은 마스터 중에 브레인을 빼고는 모두가 적을 상
대하고 있으니 폭풍 기사단원들이 속수무책으로 죽어 나
갔다.

서걱!

"크아악!"

"폭풍 기사단이여 영원하라. 크악!"

"아아악!"

비명 소리는 끊이지 않고 이어졌고 마침내 마지막 비명 소리가 들리며 전장은 고요함을 찾았다.

브레인은 기사들을 보며 힘차게 소리를 질렀다.

"우리는 승리하였다."

브레인의 말에 기사단원들은 모두가 광기에 차기 시작했다.

"무적 기사단은 무적이다."

"무적 기사단 만세!"

"브레인 공작 전하 만세!"

기사들은 승리에 취해 함성을 지르고 있었다.

하지만 이들이 지르는 함성은 병사들이 지르는 것과는 비교되지 않았다.

국경성에서 지켜보고 있는 귀족들과 지휘관들은 손에 땀을 쥐며 상황을 보고 있었는데 마침내 브레인과 기사단이 승리를 하자 모두가 미친 듯이 함성을 질러 대고 있었다.

"와아아아, 무적 기사단이 이겼다."

"브레인 공작 전하 만세!"

"헤이론 왕국 만세."

"국왕 폐하 만세!"

귀족들과 지휘관들의 눈에는 자신들도 모르게 눈물을

흘리고 있었다.

헤이론 왕국의 기사단이 승리를 하자 공격을 하려고 준비를 하고 있던 바이탈 왕국군의 진영에는 레스트 공작이 주먹을 불끈 쥐며 부들부들 떨고 있었다.

"저게 제국의 최강 기사단이라는 말이냐? 어떻게 헤이론 왕국의 기사단을 이기지 못하고 모두가 전멸을 한다는 말이냐."

레스트 공작은 정말 믿어지지가 않았다.

제국 최강의 기사단이라는 소문이 있는 폭풍의 기사단이 전멸을 하였다는 사실은 레스트 공작을 허탈하게 만들기에 충분했다.

레스트 공작의 주변에 있는 귀족들도 아무런 말을 하지 못하고 멍하니 전장을 보고만 있었다.

병사들의 사기는 말을 하지 않아도 될 정도로 최악의 상황이었다.

이대로 공격을 한다면 절대로 승리를 하지 못할 정도로 전체적인 사기가 떨어져 있었다.

"공작 전하, 이대로 공격을 명령할 수는 없습니다. 차라리 헤이론 왕국과 협상을 하는 것이 어떻습니까?"

레이몬드 백작은 이번 전쟁은 자신들이 패했다는 것을 느끼고 있었다.

헤이론 왕국군은 제국의 기사단을 물리치는 바람에 엄청나게 사기가 오른 상태였기에 이대로 공격을 받으면 엄청난 피해를 입을 것을 염려하고 있었다.

레스트 공작의 병력이 이대로 무너지게 되면 왕국으로 돌아가도 죽을 수가 있었기 때문이다.

힘이 없는 귀족은 좋은 먹잇감에 불과하였고, 특히 레스트 공작은 주변에 적이 많은 사람이었기에 이대로 죽을 수는 없다고 판단해서 하는 말이었다.

"백작은 헤이론 왕국에서 우리와 협상을 하려 한다고 생각하는가?"

레스트 공작의 말대로 헤이론 왕국이 이미 이긴 전쟁을 미쳤다고 협상을 하려고 하겠는가.

레이몬드 백작도 알고 있지만 그래도 최선을 다해 협상을 해 보려고 하였다.

방법은 협상을 하여 남아 있는 병력이라도 살리는 것만이 레스트 공작이 살 수 있는 길이라고 보았다.

"공작 전하, 이미 전쟁은 우리의 패배입니다. 더 이상 병력에 피해를 입으면 나중에 다시 일어설 수가 없게 됩니다."

레이몬드 백작은 안타까운 시선으로 레스트 공작을 보았다.

레스트 공작도 이번 전쟁에 패배를 하게 되면 자신에게

어떠한 불이익이 생길지는 알고 있었다.

하지만 이대로 물러서기에는 자존심이 허락하지 않았다.

"백작, 우리가 이대로 협상을 한다고 하세. 협상이 잘 되어 왕국으로 돌아가게 되면 과연 우리를 그냥 두고 보겠는가? 죽어도 전장에서 죽는 것이 그나마 명예를 지키는 길이라고 생각하네. 가족들을 생각해서라도 말일세."

레스트 공작의 말에 레이몬드 백작은 암담해지는 기분을 떨칠 수가 없었다.

"공작 전하, 지금의 사기로는 공격은 물론 방어도 힘이 드는 상황입니다. 그런데 어떻게 전쟁을 더 하시려는 것입니까?"

"우리의 병력이 많기 때문에 저들도 바로 공격을 하지는 못할 것이네. 그리고 제국에 연락을 하여 기사단이 전멸을 하였다고 하면 아마도 그들도 자신들의 체면 때문에라도 이대로 전쟁을 멈추지는 못하게 될 것이네."

레스트 공작의 말대로 제국에 연락을 하면 제국이 가만히 있지는 않겠지만 문제는 제국의 지원군이 도착할 때까지 어떻게 버텨야 하는 것이었다.

병력이 적다고는 하지만 상대에게는 막강한 기사단이 남아 있기 때문에 저들이 공격을 하게 되면 바이탈 왕국군은 엄청난 피해를 입게 될 것이기 때문이다.

레이몬드 백작은 그런 생각을 하면서 레스트 공작을 보았다.

　레스트 공작도 그런 백작의 생각을 어느 정도는 짐작하고 있었지만 이제는 어쩔 수 없는 일이라고 생각하고 있었다.

　'자네는 모르지만 나는 알고 있다네. 이번 전쟁에 패배를 하게 되면 국왕은 피해를 감수하고라도 우리를 헤이론 왕국에 넘기려고 할 걸세.'

　전쟁에 패배를 하면 상대 왕국에서는 당연히 전쟁을 시작한 주범을 인도해 달라고 할 것이고 이에 바이탈 왕국에서는 골치 아픈 존재인 레스트 공작과 그 일당들을 전쟁 주범으로 헤이론 왕국에 넘기려고 할 것은 당연한 조치였다.

　레스트 공작은 그런 예상을 하고 전쟁을 시작하였다.

　물론 승리를 장담하였기 때문이었지만 말이다.

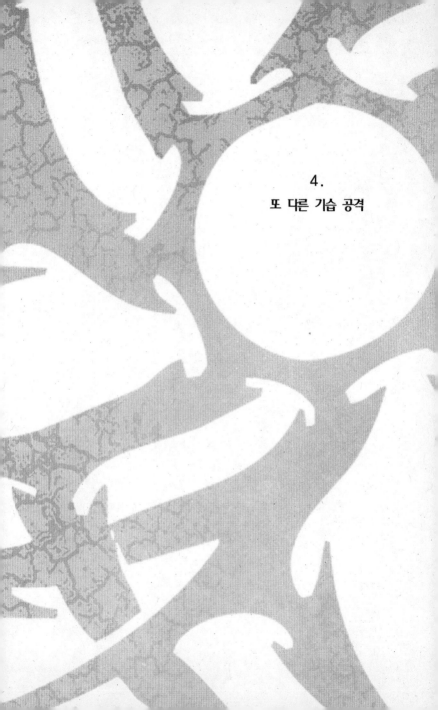

4.
또 다른 기습 공격

바이탈 왕국의 진영에는 이미 전쟁에 패배를 하였다는 분위기로 인해 사기가 말이 아니었다.

　왕국군의 사기는 땅에 떨어져 있었고 기사들과 지휘관들의 얼굴에도 침통한 분위기였다.

　레스트 공작도 군대의 분위기가 최악으로 가고 있다는 것을 알고 있었다.

　하지만 전쟁을 포기할 수는 없었다.

　"레이몬드 백작, 제국에 연락을 하였는가?"

　"예, 하기는 했지만 미첼 공작가에서 오히려 더 화를 내고 있습니다. 기사단의 전멸에 대한 책임을 우리에게 있다고 하고 있습니다."

"아니, 기사단이 전멸한 책임이 어찌 우리에게 있다는 말이며, 그들이 화를 내는 이유가 무엇이란 말인가?"

레스트 공작은 미첼 공작가의 기사단이 전멸을 한 것은 그들이 실력이 없어서라고 생각하고 있으니 당연한 의문이었다.

"저들은 우리가 일부러 정보를 숨겨 기사단이 전멸을 하였다고 생각하는 것 같습니다."

"아니, 제국의 기사단이 강했다면 정보를 숨겨도 승리를 해야 하는 것이 정상인데, 실력이 없어서 패배를 하고도 그 책임을 우리에게 지라고 하는 것이 말이 되는 소린가?"

레스트 공작은 분통을 터트렸지만 감히 제국을 상대로 화를 낼 수는 없는 일이었다.

그리고 당장 제국의 도움이 필요한 시기라 그들의 기분을 나쁘게 할 이유도 없었기에 화를 레이몬드 백작에게 내고 있었다.

"미첼 공작가에서는 이번 전쟁에 대한 정보를 우리가 차단하여 그런 일이 생겼다고 하면서 노발대발하고 있습니다."

레이몬드 백작의 말에 레스트 공작은 마음을 가다듬었다.

"지금 우리의 입장에서는 제국의 도움이 절실하네. 무슨 방법이 없겠는가?"

레스트 공작의 입장에서는 지금 제국의 바지 자락이라도 잡고 늘어지고 싶은 심정이었다.

전쟁의 패배는 자신의 목숨과 연관이 되었으니 다급해지지 않을 수가 없었다.

레이몬드 백작은 자신도 마찬가지의 입장이라 나름대로 여러 가지의 방법을 모색하고는 있지만 당장은 방법이 없었다.

두 사람은 그렇게 깊은 고민을 하고 있을 때, 헤이론 왕국의 국경성에서는 잔치 분위기를 만들고 있었다.

기사 대결에서 당당히 승리를 하고 돌아온 브레인과 기사단은 왕국의 영웅이 되어 있었다.

귀족들과 지휘관들이 모여 있는 자리에 브레인이 나타나자 모두가 기립하여 정중하게 축하의 인사를 하고 있었다.

"공작 각하의 승리를 진심으로 축하드립니다."

"공작 각하의 승전을 축하드립니다."

"모두 고맙소. 일단 자리에 앉읍시다."

브레인은 이번 승리가 얼마나 값진 것인지를 알고 있었지만 일단은 흥분되어 있는 마음을 진정시켜야겠다고 생각했다.

브레인의 말에 귀족들과 지휘관들은 자신들이 너무 흥분을 하고 있다는 사실에 조금은 민망했는지 얼굴을 붉히고는 슬며시 자리에 앉았다.

"오늘의 승리는 이번 전쟁에 우리 왕국이 이기고 있다는 것을 보여 주는 아주 좋은 기회였소. 그러니 이제 전쟁을 마무리할 때가 왔다고 나는 생각하오."

브레인이 하는 말을 듣고 있는 귀족들의 눈빛은 다른 때와는 다르게 매우 반짝이고 있었다.

"공작 전하, 조금 전에 연락이 왔는데 왕국의 병력이 집결하여 이리로 오고 있다는 연락이 왔습니다. 그러니 병력이 도착하면 단번에 적을 공격하는 것이 어떻습니까?"

수도 방위 사령관으로 있는 라빈 백작이 제일 먼저 통신을 받았는지 브레인에게 보고를 하였다.

수도에는 이번 전쟁에 참전을 하기 위해 각 영지의 병사들과 기사들이 모여들고 있었다.

국왕은 이번 전쟁에 왕국의 사활을 걸고 있었기에 최대한 많은 병력을 모으고 있었고, 그중에 가장 먼저 모인 병력을 지금 국경성으로 출발을 시키고는 바로 연락을 해 주었다.

"병력이 출발하였다면 얼마나 되는지와 도착을 하는 시간은 언제요?"

브레인도 병력이 출발을 하였다고 하니 조금은 마음이 놓이는지 라빈 백작을 보며 물었다.

"수도에 모여 출발한 병력은 모두 오만의 병력이라고 합니다. 그리고 각 영지의 기사들이 대거 모여 이번에 이리로 출발을 하였다고 합니다. 그들이 도착을 하려면 아마도 최소한 빠르게 잡아도 일주일은 걸릴 것입니다."

일주일이라는 시간이라면 이번 전쟁을 마칠 수도 있는 시간이었다.

브레인은 한참을 생각하더니 무슨 결정을 내렸는지 귀족들을 보며 입을 열었다.

"나는 이번 전쟁에 마무리를 지금 모여 있는 병력으로 하였으면 하오. 지금의 사기라면 충분히 전투에서 승리를 할 수 있을 것이라 생각하는데 모두 어떻게 생각하시오?"

"공작 전하, 저희가 병력의 수는 적지만 이 정도의 사기라면 충분히 전투에 승리를 할 수 있을 것입니다."

"나도 그렇게 생각하오. 설사 승리를 하지 못한다고 해도 적에게 많은 피해를 입힐 수는 있다고 생각하오."

브레인의 말대로 전투를 하게 되면 이미 사기가 땅에 떨어진 바이탈 왕국군은 많은 피해를 입을 수도 있었다.

하지만 그렇게 되면 헤이론 왕국군도 피해를 입지 않

을 수가 없을 것이라는 생각을 하고 있는 지휘관들이었다.

추가 병력이 오면 그리 힘들지 않게 승리를 할 수 있는데 이렇게 서둘러 전투를 하려는 이유를 모르겠다는 표정들이었다.

그리고 일부 귀족들은 제임스가 제국의 기사단과 전투를 한 것에 대해 의심을 하고 있기도 했다.

제임스는 분명히 제국의 귀족인데 그런 귀족이 자국의 기사단을 향해 검을 뽑아 죽였다는 것은 이들이 생각해도 이해가 가지 않아서였다.

혹시 제국의 음모가 아닌가라는 의심을 하고 있었다.

"공작 전하, 무뢰한 질문인지는 알지만 여기 있는 귀족들에게 명쾌하게 설명을 해 주셔야 하는 일이 있습니다. 공작 전하의 아버님이신 제임스 백작님께서는 제국의 귀족이시면서 어째서 폭풍의 기사단과 전투를 하신 것입니까?"

귀족들 중에 브레인에게 약간의 반발심을 가지고 있는 사람이 있었는데 그중에 한 명인 엘모아 자작이 입을 열고 있었다.

브레인은 엘모아 자작의 말을 듣고 이제는 이들에게 어느 정도는 사실을 알려 주어야 한다는 것을 느끼고 있었다.

브레인이 제임스를 바라보며 어떻게 했으면 좋겠는지를 묻고 있었다.

제임스는 브레인의 시선을 보며 가볍게 고개를 끄덕여 주었다.

이제는 이야기를 해 주라는 뜻이었다.

"모두들 궁금해 하는 것 같으니 오늘 이 자리에서 시원하게 말을 해 주겠소. 아버님이 오늘 폭풍의 기사단을 상대하게 된 이유는 바로 미첼 공작가와 우리 가문은 같은 하늘을 이고 살 수가 없는 사이이기 때문이오. 카이라 제국은 귀족들 간의 전투가 자주 일어나는 곳이라는 것은 모두가 알고 있을 것이오. 우리 파올로 백작가는 카이라 제국에서 제법 강한 가문이었지만 미첼 공작가의 음모에 의해 다른 귀족들과 연합을 하여 우리 가문을 공격하게 되었고, 그 전투에서 파올로 가문은 최선을 다했지만 결국 가문이 기사단을 모두 잃고 아버님만 겨우 피신을 하게 되었소. 그 후로 나와 아버님은 미첼 공작가에 원수를 갚기 위해 부단히 노력을 하였지만 아직은 그들을 상대할 힘이 부족하다고 판단하여 자중하며 힘을 기르고 있다가 헤이론 왕국에 오게 되었소. 헤이론 왕국에서의 사정은 모두가 알고 있는 그대로이니 더 이상 이야기를 하지 않아도 되리라 생각하오. 이제 의문이 모두 해결이 되었소?"

브레인의 긴 설명에 체리스 후작과 일부 그를 추종하는 귀족들은 브레인을 안타까운 시선을 보았다.

가문의 복수를 위해 그동안 고생을 한 것을 생각하면 마음이 아파서였다.

"공작 전하, 충분히 이해가 가는 이야기였습니다. 그렇게 설명을 해 주시니 이제야 제임스 백작님이 폭풍의 기사단과 전투를 하시는 모습이 이해가 갔습니다."

제임스가 폭풍의 기사단과 전투를 하는 모습은 마치 철천지원수와 전투를 하는 것 같이 공격만 하는 모습이었기 때문이다.

성벽의 위에서는 그런 제임스를 보고 제국의 귀족이 왜 저러는지 모르니 의심을 하게 된 것이다.

브레인의 설명을 들은 귀족들과 지휘관들은 충분히 이해가 가는 말이었고, 제임스를 보는 시선이 아까와는 다른 따뜻함이 물들어 있었다.

이들은 이제 제국의 귀족이 아닌 헤이론 왕국의 귀족이라는 생각이 들어서였다.

어차피 브레인은 이번 전쟁이 끝나면 대공의 작위를 받을 사람이니, 제임스는 그런 대공의 아버지가 되기 때문에 왕국의 정식 귀족이라고 해도 무방한 입장이었다.

더 이상 제국으로 갈 수도 없는 제임스라고 생각해서

였다.

제임스는 귀족들의 반응이 달라지자 입가에 미소를 지었다.

"모두 나의 말을 들어주어 고맙소. 하지만 지금은 나의 문제보다는 전쟁이 중요하니 일단 하던 회의를 마저 하기로 하겠소."

"그렇게 하십시오. 공작 전하."

귀족들의 대답에 브레인은 잠시 주변을 둘러보며 생각을 정리하였다.

"오늘 우리는 제국 최강의 기사단을 전멸시켰다는 것을 알고 있을 것이오. 자, 여러분이라면 자국의 기사단이 전멸을 하였다면 가만히 있겠소?"

브레인의 질문에 귀족들은 하나같이 같은 대답을 하고 있었다.

"절대 가만히 있지 않지 않을 것입니다. 아니, 오히려 더 강한 기사단을 보내 상대를 하도록 하겠습니다."

"그렇습니다. 절대 그냥 지나갈 수가 없는 일입니다."

귀족들은 흥분을 하였는지 눈빛이 달라지고 있었다.

브레인은 그런 귀족들을 보며 빙그레 미소를 지었다.

"그것 보시오. 그대들도 자국의 기사단이 그것도 최강이라고 소문이 난 기사단이 전멸을 하게 되면 그런 반응이 나오는데 제국이라고 다를 것 같소?"

브레인이 하는 말을 들은 귀족들은 잠시 분위기가 고요함을 유지하게 되었다.

제국이 만약에 그냥 있지 않게 되면 이는 왕국에는 재앙과 같은 일이 벌어지는 일이었기 때문이다.

"공작 전하, 그러면 어찌하는 것이 좋은 방법이겠습니까?"

체리스 후작은 이제 브레인에 대해 어느 정도는 알고 있는지 브레인에게는 무슨 방책이 있을 것이라는 생각에 질문을 하고 있었다.

"제국이 전쟁에 참전을 할 시간적인 여유를 주지 않는 것이 가장 현명한 방법이요. 즉, 전쟁을 최대한 빨리 마무리를 해야 한다는 말이오."

브레인의 말에 체리스 후작은 번쩍 머릿속을 스쳐 가는 것이 있었다.

"공작 전하, 그럼 이 전쟁을 끝낼 수 있는 방법이 있으신지요?"

체리스 후작의 발언에 모든 귀족들의 이목이 브레인의 입을 향하게 되었다.

브레인의 설명을 들은 귀족들과 지휘관들은 모두가 깊은 생각에 잠겼다.

"가장 빨리 전쟁을 마치려면 우리는 결국 공격을 하는

수밖에 없소. 오늘 기사 대전에 패배를 한 적의 사기는 최악의 상황이라고 해도 될 정도였다는 것을 모두들 알고 계실 것이오. 우리는 이런 상황을 이용하여 적의 수장을 잡아야 이번 전쟁을 끝낼 수가 있을 것이오."

전쟁에서 승리를 하는 것은 무엇보다도 중요하다.

그리고 그 승리를 위해서는 어느 정도의 피해는 감수해야 한다는 것을 잠시 잊고 있었다는 생각을 하게 되는 지휘관들이었다.

오늘 기사단의 대결은 바이탈 왕국군을 사기를 완전히 떨어지게 하였고, 브레인의 말대로 이 정도의 사기라면 충분히 전쟁을 마무리할 수 있을 것이라는 생각은 이들도 하고 있었다.

다만 조금이라도 피해를 줄이기 위해 시간을 벌자고 한 것이지만, 브레인의 설명을 들으니 이번 전쟁은 무리를 해서라도 빨리 끝을 내야 한다는 생각이 들었다.

"공작 전하. 그러면 언제 공격을 하시려는 것입니까?"

"나는 오늘 밤이 가장 좋은 시기라고 생각하오."

"아니, 야간에 공격을 하자는 말씀이십니까?"

"야간에는 많은 수의 병사들이 공격을 하는 것이 아니라, 기사들을 이용하여 사방에서 기습을 하여 적들이 잠을 자지 못하게 하려는 것이오. 그렇게 삼 일만 야간에 기습을 하면 아마도 사 일째 되는 날에는 적의 병사들도 잠을 못자 힘이 없을 것이니 우리는 그때를 기해 총공격을 하자는 말이오."

브레인의 설명을 들은 귀족들과 지휘관들은 놀란 얼굴을 하며 브레인을 쳐다보았다.

지난번에도 야간에 기습을 하여 엄청난 전과를 보여 주었는데, 이번에도 기습을 이용하여 승리를 하려는 전략에 이들은 정말 생각지도 못한 기발한 생각이라고 느끼고 있었다.

하지만 모두가 그런 것이 아니었다.

모두가 좋은 생각이라고 하는 중에 아니라고 생각하는 인물이 있었다.

"공작 전하, 의도는 좋지만 야간에 기습을 하는 것에 저들이 그냥 당하고만 있겠습니까? 지난번에 그렇게 당하고도 말입니다."

브레인은 놀란 얼굴을 하며 자신에게 질문을 한 사람을 바라보았다.

"그대는 누구요?"

"저는 이군단 참모로 있는 티몬스 자작이라고 합니다."

"그대의 의견도 틀리지는 않지만, 지금의 상황을 아직 제대로 파악하지 못하고 있는 것 같소. 적은 이번 기사 대결로 인해 지금 최악의 상황이오. 아마도 저들은 이대로 후퇴를 하였으면 하는 심정일 정도로 이번 전쟁에 패배를 생각하고 있을 것이오. 이 말은 그만큼 경계도 심하지 않다는 말이니, 이럴 때를 이용하여 야간에 기습을 하면 실패는 하지 않을 것이라 생각하는데 어떻소?"

브레인의 말을 모두 들은 티몬스 자작은 자신의 생각이 전체를 보지 못했다는 것을 인정할 수밖에 없었다.

"죄송합니다. 저는 적이 예전에 기습에 당했으니 이번에도 기습을 하게 되면 오히려 아군이 피해를 입을 것이라고만 생각했습니다."

"아니오. 그대의 잘못이 아니라 좋은 지적을 해 주었으니 오히려 칭찬을 해 주는 것이오."

브레인은 왕국에 이렇게 지적을 하는 인물이 있다는 것에 아주 흡족한 기분이었다.

전쟁에는 많은 인재들이 필요했고 그런 인재를 데리고 전투를 하지만, 어느 곳에 적절히 인재를 투입해야 하는 것인지를 파악하고 있어야 했다.

자신은 그동안 전쟁을 하고는 있었지만 아무도 자신의 의견에 이의를 제기하는 사람이 없어서 사실은 조금 실망을 하고 있었는데, 오늘 그런 실망감이 사라지게 하는 인재가 나타나서 기분이 매우 좋아졌다.

귀족들과 지휘관들은 브레인이 티몬스 자작을 칭찬하는 것을 보고 다시 감탄을 하게 되었다.

'역시, 우리가 생각하는 것과는 다르게 보시고 계시는 구나. 전체적인 상황을 분석하여 전략을 짜시는 저런 분이 사령관으로 계시니 이 전쟁은 절대 질 수 없는 전쟁이 될 것이다.'

브레인은 이렇게 귀족들과 지휘관들에게 인정을 받고 있었다.

헤이론 왕국의 수도에는 아직도 많은 병사들과 기사들이 모여들고 있었다.

왕궁의 회의실에서는 방금 전에 통신을 받은 마법사가 사력을 다해 달리고 있었다.

"헉, 헉, 빨리 국왕 폐하께 보고를 하게."

통신 마법사가 이렇게 급하게 달려오는 것은 급히 보고를 해야 하는 상황이라는 것을 알고 있는 시종장은 급히 안에 보고를 하였다.

"폐하, 통신 마법사가 급히 도착하였습니다."

"안으로 들라 하게."

거대한 문이 열리면서 마법사는 급하게 안으로 달려갔다.

"폐하, 방금 국경성에서 통신이 도착하였는데, 그 내

용이 카이라 제국의 폭풍 기사단이 브레인 공작 전하의 기사단과 기사 대전을 벌여 전멸을 하였다고 하옵니다."

"무엇이라고? 제국 제일의 기사단이라는 폭풍 기사단이 전멸을 했다고?"

국왕과 귀족들은 믿을 수가 없다는 표정을 짓고 있었다.

제국에서 소문이 난 기사단이 전멸을 하였다면 무적 기사단은 얼마나 강하다는 말인가?

그리고 제국의 기사단이 참전을 하였으니 이제는 제국군이 개입을 할 차례라는 생각이 들자 국왕과 귀족들은 얼굴이 창백해지고 있었다.

"제국의 기사단이 전멸하였다는 이야기를 들었으니 어떻게 하였으면 좋겠는지 말해 보시오."

국왕이 가장 먼저 정신을 차리고 귀족들을 보며 입을 열었다.

"폐하, 카이라 제국은 대륙에서 가장 강한 나라입니다. 그런 제국의 기사단이 전멸을 하였습니다. 그것도 폭풍의 기사단이라면 제국에서도 가장 강한 기사단이라는 소문이 날 정도로 대단한 기사단이 말입니다."

말을 한 귀족은 잠시 입술에 침을 적시고는 다시 입을 열었다.

"브레인 공작의 기사단이라고는 하지만 이들도 결국 우리 왕국의 기사단입니다. 그런 왕국의 기사단에 제국의 기사단이 전멸하였으니, 제국도 가만히 있지는 않을 것입니다. 속히 국경성에 통보를 해서 사건의 진상을 알아보고 대책을 세워야 합니다."

"아니, 대책을 세운다는 것을 누가 모르고 있소. 내가 말하는 것은 이미 사건은 터졌으니 해결할 방법을 말하라는 것이오."

국왕은 저런 이상한 소리가 아닌 해결책을 말하라는 것이었는데 하는 소리라고는 한심한 말만하고 있으니 속이 답답했다.

하지만 귀족들도 제국의 기사단이 전멸을 하였다는 말에 모두 놀라서 아무 생각이 없는 상태였다.

귀족들도 그렇고 국왕도 모두 전쟁이 없는 평화만 만끽하다가 갑자기 전쟁이 터지니 이렇게 정신을 차리지 못하고 있었다.

"우선은 국경성에 연락을 하여 자세한 일에 대한 것을 알아보시오. 그리고 카이라 제국은 일단 상황을 지켜보면서 대처를 하는 것이 좋겠소."

국왕의 말에 상황을 지켜보고 있던 마법사가 다시 보고를 하였다.

"폐하, 이번 기사 대전에 제임스 백작도 참전을 하여

제국의 기사단을 죽였다고 하옵니다. 그 이유는 바로 미첼 공작가가 파올로 백작가와는 서로가 원수지간이라 하옵니다."

마법사는 통신으로 알려 온 사실을 국왕에게 세세하게 설명을 해 주었다.

국왕은 마법사가 하는 말을 모두 듣고는 조금 놀라는 얼굴을 하고 있었다.

제임스 백작도 제국의 귀족이라 이번 전쟁에 사실 도움이 되지 않을 것이라고 생각했는데 일이 의외로 이상하게 흘러가고 있어서였다.

"그러니까. 제임스 백작의 가문과 미첼 공작가는 서로 원수 가문이라는 말이고, 제임스 백작은 미첼 공작가에 의해 가문이 멸망을 하여 제임스 백작과 브레인 공작만이 살아남아 복수를 위해 힘을 키우고 있다가 우리 왕국에 오게 되었다는 말인가?"

국왕은 마법사의 말을 간단하게 정리를 하였다.

"그렇습니다. 국경성에서 그렇게 연락을 해 주었습니다."

"그러면 제임스 백작도 이제 우리 왕국의 귀족이라고 해도 되겠네. 이미 전투에 참전을 하였으니 말이야."

국왕은 제임스가 제국의 귀족이지만 이제는 더 이상 제국의 귀족이라고 할 수 없을 것이라는 생각에서 하는 말이었다.

"폐하, 제임스 백작을 왕국의 귀족으로 삼고 싶으신 것입니까?"

"브레인 공작도 왕국의 대공으로 삼게 되었는데 그라고 그렇게 하지 못할 이유가 없지 않소."

국왕은 당연한 이야기를 하고 있다는 표정이었다.

부자가 함께 왕국의 귀족이 된다면 이는 헤이론 왕국의 입장에서는 엄청난 전력을 보유하게 되는 일이었기 때문이다.

브레인의 기사단만 해도 제국 제일의 기사단이라고 불리는 폭풍의 기사단을 전멸하였다고 하니 얼마나 대단한지를 한눈에 보이는 결과였다.

국왕은 제임스가 숨겨 놓은 다른 힘이 있을 것이라고 짐작하고 있었다.

그런 힘을 자신의 왕국에 소속이 되게 하는 일인데 왕국의 귀족으로 삼지 못할 이유가 없었다.

"폐하, 브레인 공작이야 이미 명예 공작의 작위를 받아 왕국의 귀족이라고 해도 문제가 없지만, 제임스 백작은 제국의 정식 귀족인데 왕국의 귀족으로 삼게 되면 나중에라도 문제가 될 수 있는 일이옵니다."

귀족들은 제임스가 왕국의 귀족이 되는 것에는 반대를 하고 있었다.

비록 그가 전장에서 적지 않는 공을 세웠다고는 하지만 그렇다고 왕국의 귀족으로 만들 수는 없는 일이었다.

브레인과 제임스는 격이 다른 존재였기 때문이다.

"그대들은 제임스 백작이 왕국의 귀족이 되면 그대들의 세력이 밀릴 것 같아 그렇게 반대를 하는 것이오?"

국왕의 분노 어린 목소리에 귀족들은 바로 대답을 하지 못하고 있었다.

사실 제임스가 정계에 발을 들이면 자신들의 입지가 그만큼 좁아지는 것은 사실이었다.

그러니 이들이 반대를 하고 있는 것이고 말이다.

이들이 가장 반대를 하는 이유는 바로 제임스의 작위를 어찌할 것인지가 가장 문제였다.

대공의 아버지에게 그보다 낮은 작위를 줄 수는 없는 일이었기 때문이다.

"폐하, 저희가 반대를 하는 것은 정치적인 문제가 아니고, 브레인 공작에게는 이미 대공의 작위를 내린다고 약속을 하셨는데 그의 아버지인 제임스 백작을 아들보다도 낮은 작위를 줄 수는 없는 일이기 때문입니다."

바이칼 후작은 국왕을 보며 이유를 설명하고 있었다.

이들이 생각하기에도 가장 좋은 이유였기 때문이다.

국왕은 귀족들의 이야기를 들어 보니 충분히 이해가 가는 말이었다.

왕국에 두 명의 대공을 만들 수는 없는 일이었다.

물론 한 가문에 대공이 두 명이라는 것이 문제였기 때문이다.

"음, 작위에 대한 문제는 전쟁을 마치고 처리를 하도록 합시다. 그동안 좋은 방법을 찾아 제임스 백작을 어찌 대할 것인지에 대해 생각들 해 보시오."

국왕의 지시에 귀족들은 속으로 이제 되었다는 얼굴을 하며 크게 대답을 하였다.

"예, 폐하."

"알겠사옵니다. 폐하."

국왕은 제국의 귀족이지만 지금은 왕국의 대공이 되기로 한 브레인이 전장에서 얼마나 대단한 공을 세우고 있는지를 생각하고는 마음이 무거웠다.

귀족이 공을 세우면 그만한 보상을 해 주어야 하는데, 헤이론 왕국의 입장에서는 브레인에게 줄 만한 것이 없었다.

이미 많은 귀족들이 영지를 가지고 있으니 브레인에게는 더 이상 줄 영지도 없는 상황이니 국왕의 입에서는 한숨이 저절로 나오고 있었다.

"자, 그럼 브레인 공작이 전쟁을 마치고 돌아오면 대공의 작위를 내려야 하는데 문제는 그에게 맞는 영지가 없다는 것이오. 그대들은 이 문제에 대해서 어찌 생각하시오?"

바이칼 후작도 국왕의 말에 바로 대답을 하였다.

"국왕 폐하, 브레인 공작의 일 때문에 그러시는 것이라면 이번 전쟁에 승리를 하고 돌아오면 그에게 대공의 자리와 그에 맞는 영지로는 아레아 영지를 내리는 것이 어떠십니까?"

꽝!

"바이칼 후작은 말을 삼가시오. 아레아가 우리 영지라고 생각하고 하는 말이오. 그대는 우리 왕국을 망하게 하려는 것이오?"

국왕은 화가 나서 탁자를 내리치며 바이칼 후작을 노려보았다.

아레아 영지는 삼십 년 전에 일어난 몬스터 대란으로 인해 버려진 곳이었다.

그 당시 엄청난 수의 몬스터가 왕국에 침공을 하였고, 몬스터들의 공격이 가장 먼저 시작된 아레아 영지에서는 수도로 지원군을 요청하게 되었다. 국왕의 긴급 지시로 많은 병력들이 지원을 갔지만 모두가 전사를 하는 일이 벌어지고 말았다.

국왕과 귀족들은 더 이상 아레아 영지를 지원했다가는 왕국의 근간이 무너지게 생겼다고 판단을 하고는 아레아 영지를 가기 전에 지나가야 하는 나이로브 계곡에 방어선을 설치하여 더 이상 몬스터가 왕국으로 진입을 하지 못하게 하였다.

몬스터의 대란이 끝나고 아레아 영지를 수복하려고 하였지만 이미 아레아 영지에는 아무도 살지 않는 버려진 땅이 되어 있었고, 그 안에는 수많은 몬스터들이 터전을 잡고 있어 헤이론 왕국의 입장에서도 아레아 영지보다는 왕국의 안전이 먼저였기에 결국 나이로브 계곡에 단단하게 성을 쌓아 더 이상 몬스터의 침입이 없게 방어선을 만드는 것으로 마무리를 하고 말았다.

그 후로 아레아 영지는 헤이론 왕국의 땅이라는 인식 자체가 사라져 있었는데 바이칼 후작이 감히 아레아 영지를 브레인에게 주자는 말을 하고 있으니 국왕이 화가 난 것이다.

"폐하, 브레인 공작이 대공이 되고 그에 맞는 영지를 주어야 하는데 우리 왕국에서는 그에게 줄 영지가 없사옵니다. 그렇다고 없는 영지를 억지로 만들 수도 없으니 새로운 땅을 주어야 하는 것인데, 아레아 영지를 준다고 하면서 아예 영구 면세 지역으로 만들어 주는 것입니다. 아레아를 면세 지역을 한다고 해서 불만을 터트리는 귀족은 헤이론 왕국에서 아무도 없을 것입니다. 사실 아레아를 찾을 수 있는 사람은 브레인 공작밖에는 없습니다. 폐하."

영웅전설

바이칼 후작의 말을 들으니 브레인 공작이라면 막강한 기사단을 보유하고 있으니 아레아 영지를 찾을 수 있을 것 같다는 생각도 들었다.

아레아 영지의 크기도 엄청나기 때문에 만약에 아레아를 찾기만 해도 헤이론 왕국의 크기가 삼분의 일은 더 늘어나는 일이었다.

아레아를 찾아도 브레인이 있는 동안은 국왕도 어쩔 수 없는 지역이지만 헤이론 왕국의 땅이라는 것은 변하지 않는 일이기 때문이었다.

국왕은 바이칼 후작의 말에 처음에는 화가 났지만 자세한 설명을 들으니 어쩌면 가능할지도 모른다는 생각이 들었다.

"그 일은 조금 더 생각을 해 보고 결정을 하도록 합시다. 브레인 대공의 생각도 알아야 하지 않겠소."

국왕은 이제 브레인을 왕국의 대공으로 인정을 하고 있었다.

"그렇게 하시옵소서. 그리고 한 가지가 더 있습니다. 폐하."

"무슨 말이오?"

"폐하, 브레인 대공은 아직 미혼으로 알고 있습니다. 비록 왕국의 정식 귀족이 되기는 했지만 아직은 헤이론 왕국의 귀족이라고 하기에는 문제가 있습니다. 그러니 그를 왕국에 완전히 자리를 잡게 하려면 결혼을 하는 것이 가장 좋은 방법입니다. 국왕 폐하께서 직접 그에게 맞는 귀족가의 레이디를 소개하는 것은 어떠신지요?"

국왕은 놀라운 눈을 하며 오늘 바이칼 후작이 무엇을 잘못 먹은 것이 아닌가라는 생각이 들었다.

평소에는 이상한 말만 하는 노인네가 갑자기 저렇게 기가 막힌 계책을 이야기하니 국왕도 신기하기만 했다.

"후작, 혹시 오늘 잘 못 드신 것이 있소?"

"예? 무슨 말씀이신지요?"

"아니라면 되었소. 하여튼 좋은 방법을 말해 주었으니 내 한번 생각해 보겠소."

국왕의 말에 바이칼 후작은 의문스러운 눈빛을 하였다.

국왕은 그런 후작의 모습을 보고 내심 조금은 켕겼지만 겉으로는 전혀 그런 티를 내지 않았다.

왕궁에서는 브레인에게 영지를 만들어 주려고 국왕이 고심을 하고 있을 때 국경성에서는 은밀히 기습을 준비하고 있었다.

"빨리 준비를 마치도록 해라. 시간이 없다."

"최대한 준비를 하고 있습니다."

"오늘이 마지막 기습이므로 최대한 시간을 끌어야 하니 모두 조심들 하라."

"알겠습니다. 군단장님."

체리스 후작은 기습조를 직접 챙기고 있었다.

바이탈 왕국군을 기습하는 일이 벌써 이틀이나 진행이 되고 있었다.

그동안 기습조도 피해가 없지는 않았지만 적은 더 많은 피해를 입고 있었고, 브레인이 처음에 강조를 하던 대로 야간에 병사들이 잠을 못자고 있으니 피로가 누적되고 있다는 것에 체리스 후작은 만족하고 있었다.

'공작 전하의 계획대로 적의 병사들은 피로가 누적되고 있으니 내일 있을 총공격에는 최대한 많은 타격을 줄 수 있을 것이다. 내일이면 이 전쟁도 끝이 보인다고 생각하니 기분이 한결 편해지는구나.'

체리스 후작도 전쟁을 마무리할 수 있다는 생각에 입가에 미소를 지을 수가 있었다.

지휘부가 있는 곳에는 지금 한참 회의가 진행되고 있었다.

"공작 전하, 내일 있을 총공격에 병사들을 나누면 저희의 피해가 커지지 않겠습니까?"

"우리의 피해도 어느 정도는 감안을 해야겠지만 문제는 적의 입을 피해를 생각하면 어쩔 수 없는 일이오. 적에게 최대한 많은 피해를 주기 위해서는 어쩔 수 없는 선택이라는 것을 그대들도 알지 않소."

브레인의 말에 귀족들과 지휘관들은 미미하지만 고개를 끄덕이고 있었다.

브레인의 작전이 옳다는 것은 이들도 알고 있었기 때문이다.

"그러면 내일은 총 세 개의 군단으로 공격을 하는 것입니까?"

"그렇소. 동시에 세 곳을 공격해야 적에게 보다 많은 피해를 줄 수 있고, 그렇게 해야 전쟁을 끝낼 수가 있을 것이오."

브레인이 생각하는 것은 오만의 군대를 총 세 방향으로 공격을 하는 방법이었다.

중앙은 가장 강력한 힘을 가진 무적 기사단이 선두에 서서 공격을 하게하고, 좌군은 경비대의 기사단이 선두에, 우군은 군단에 있는 기사단이 선두에 서서 총공격을 하여 바이탈 왕국군을 밀어 버리려는 생각이었다.

가장 힘이 드는 중앙을 브레인이 직접 기사단을 이끌고 공격하는 것이라 이들도 반대를 하지 못하고 있었다.

병사들의 피해는 있겠지만 대신에 이 전쟁을 확실히 마무리를 지을 수가 있다는 점이 귀족들과 지휘관들에게 이번 공격에 불만이 없게 만들고 있었다.

이들이 열심히 회의를 하는 동안 야간의 기습조가 기습을 마치고 돌아왔다는 보고가 들어왔다.

"공작 전하, 기습조가 지금 돌아왔습니다."

"수고하였다고 전하게, 적의 반응을 어떤가?"

"기습조의 말에 의하면 적의 병사들은 피로 때문인지 눈에 핏발이 서 있다고 합니다."

"다행이군, 우리가 원하는 대로 되고 있으니 말이오. 모두 내일 있을 총공격에 만전을 기해 주시오, 오늘은 이만 회의를 마치겠소."

"예, 공작 전하."

"알겠습니다. 공작 전하."

귀족들의 대답과 동시에 모두의 눈빛이 빛나고 있었다.

이제 내일이면 전쟁의 끝을 볼 수가 있게 되었다고 생각하여서였다.

바이탈 왕국의 침공에 그동안 참고 있었던 분노를 내일이면 모두 풀 수가 있게 되었으니 이들의 가슴은 활활 타오르고 있었다.

바이탈 왕국군이 있는 진영에는 레스트 공작이 지금 엄청나게 화를 내고 있었다.

꽝!

"아니, 야간에 경계를 하라고 했지 잠을 자라고 했는가?"

"죄송합니다. 병사들과 기사들의 해이해져 그런 것 같

습니다."

"아무리 우리가 기사전의 패전으로 사기가 말이 아니라고 해도 이렇게 무력하게 당하고 있다는 것이 말이 되는 일인가?"

레스트 공작은 전쟁을 제대로 해 보지도 못하고 이렇게 기습으로 피해를 입고 있으니 정말 화가 났다.

"면목이 없습니다. 공작 전하."

레이몬드 백작도 이번 기습에 당한 것이 자신의 잘못이라는 생각이 들어 사죄를 하고 있었다.

"백작이 사과를 한다고 되는 일이 아니라는 말이네. 지금 우리 군의 기강이 흐려졌다는 말이야."

레스트 공작의 말을 사실이었다.

바이탈 왕국군은 지금 사기가 말이 아니었고 이는 기사들도 마찬가지였다.

군영에 있는 병사들이 이미 패전을 하였다는 분위기에 빠져 있으니 야간에 기습을 당해도 할 말이 없는 상황이었다.

하지만 레이몬드 백작도 지금의 상황을 타파할 방법이 없었다.

어느 정도 시간이 지나자 레스트 공작은 화가 조금 가라앉았는지 레이몬드 백작을 보며 물었다.

"우리가 지난 삼 일 동안 당한 피해가 어떻게 되는가?"

"병사들의 피해는 대략 오천 정도의 피해를 입었습니다. 기사들도 일개 기사단이 죽었지만 군량이나 물자는 피해를 입지 않았습니다."

"우리가 그렇게 피해를 입었는데 적의 피해는 어떤가?"

"헤이론 왕국의 기습에는 모두 기사만 뽑아 기습을 하였는지, 적의 피해는 두 명의 사상자가 전부였습니다. 공작 전하."

레이몬드 백작도 적의 피해에 대한 보고를 하는 동안은 고개를 들지 못하고 있었다.

아무리 사기가 떨어지고 있다고 해도 이렇게 많은 피해를 입었는데 적은 고작 두 명의 피해를 입었다고 하면 누가 이해를 하겠는가 말이다.

레스트 공작은 화를 참고 있는지 온몸을 부들부들 떨고 있었다.

"자네, 그걸 보고라고 하는 중인가?"

레스트 공작은 말을 하면서도 입술이 떨리고 있었다.

그만큼 지금 참고 있다는 이야기였다.

"죄송합니다. 지금 병사들의 사기가 최악의 상황이라 야간의 기습에 신경을 쓰지 못해서 일어났습니다. 모두 저의 불찰입니다."

레이몬드 백작은 자신의 잘못이라고 하면서 사과를 하

고 있었다.

레스트 공작도 이번 야간 기습에 입은 피해는 그리 많은 피해를 입은 것이 아니라 따지고 싶지는 않았지만 화가 나는 것은 어쩔 수 없었다.

"휴우, 기습은 이제 대비를 하면 되니 그렇다고 치고, 카이라 제국의 미첼 공작가에서는 연락이 없는가?"

"지금 회의를 하고 있으니 나중에 연락을 한다는 말만 들었습니다. 일단 조금 기다려 보시는 것이 좋겠습니다. 그들도 이대로 물러나지는 않을 것입니다."

"나도 미첼 공작이 이대로 물러나지 않을 것이라는 것은 알고 있네. 다만 내가 원하는 것은 그들이 언제 출발을 하는 것인지가 알고 싶은 것이라네."

레스트 공작은 전쟁이 시작이 되어 계속해서 패전을 하고 있으니 사기가 말이 아니었고, 하루라도 빨리 미첼 공작가의 지원군이 와야 한다는 생각에 하는 말이었다.

"내일이면 결과가 나올 것이니 조금만 더 기다려 주십시오."

"할 수 없지, 그러면 내일 연락을 받는 것으로 하고 오늘부터는 야간에 기습을 당하지 않도록 최선을 다해 주게."

"알겠습니다. 공작 전하."

바이탈 왕국군은 이렇게 기습에 더 이상 피해를 입지 않도록 최대한 경계에 신경을 쓰고 있었다.

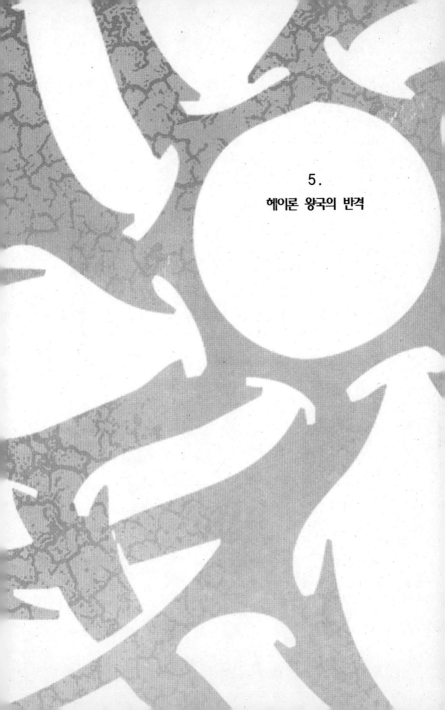

5.
헤이론 왕국의 반격

국경성의 안에는 완전무장을 한 병사들이 대오를 맞추고 대기를 하고 있었다.

브레인은 병사들의 모습을 보고 아주 마음에 드는 얼굴을 하고 있었다.

지금 자신이 보고 있는 병사들은 사기가 하늘을 찌르고 있었기 때문이다.

"이제 나가서 저들에게 우리의 무서움을 보여 줄 때가 왔다. 나가서 우리 헤이론 왕국의 무서움을 보여 주어 감히 우리 왕국을 두 번 다시는 침략하려는 마음을 먹지 못하게 해 주려고 한다. 병사들이여 나를 따라 적을 물리치자!"

"적을 물리치자!"

"적들을 죽이자!"

병사들과 기사들은 브레인의 말에 모두 시가가 왕성하게 소리를 질렀다.

브레인은 이제 때가 되었다고 생각하고는 크게 외쳤다.

"성문을 열어라!"

끼기기긱.

거대한 성문이 열리기 시작했다.

성문이 열리면서 가장 먼저 브레인과 기사단이 선두에 나가고 있었다.

그 뒤로는 각 기사단과 기마대도 따르고 있었고, 그 뒤로는 병사들이 모두 창을 들고 힘차게 나오고 있었다.

전방의 적과는 불과 2킬로 정도의 거리이니 지금 공격을 한다고 해도 적이 방비를 하기에는 늦은 시간이 될 것이라 생각하고 있는 브레인이었다.

모두가 성을 빠져나오자 브레인의 명령이 내려졌다.

"모두 공격하라!"

"공격 명령이 떨어졌다. 공격하라!"

"와아아아! 공격이다!"

두두두.

가장 먼저 기사단이 적을 향해 달리기 시작했다.

가장 선두에는 왕국의 총사령관인 브레인과 친구들이

나섰다.

　가장 선두에서 오러 블레이드를 생성하여 공격하는 모습은 지옥의 악마와 같은 모습을 보여 주고 있었다.

　바이탈 왕국군이 있는 진영에서는 갑자기 성문이 열리며 적들이 나오는 것을 보고는 기겁을 하여 보고를 하였다.

　"공작 전하. 헤이론 왕국군이 성문을 열고 나왔습니다."

　레스트 공작은 갑자기 헤이론 왕국군이 성문을 열고 나왔다는 말에 깜짝 놀랐다.

　"아니, 저들이 무엇을 믿고 나왔다는 말이냐?"

　레스트 공작도 자리를 박차고 일어서며 고함을 치고 있었다.

　바이탈 왕국군이 믿고 있는 것은 바로 병력의 수였는데, 지금 병력의 수도 밀리는 헤이론 왕국군이 성문을 열고 공격을 한다는 것에 이들이 놀라고 있었다.

　레스트 공작을 비롯하여 대부분의 지휘관들이 밖의 상황을 보기 위해 나가고 있었다.

　이들이 나와 보는 시각에 브레인의 공격 명령이 떨어지고 있었다.

　"적의 공격 명령이 떨어졌다."

　"어서 적의 공격에 대비를 하라."

"기사단은 무엇을 하는가? 어서 적의 기사단을 상대할 준비를 하라."

바이탈 왕국군의 진영도 방어를 하기 위해 정신이 없었다.

갑자기 공격을 시작한 헤이론 왕국군을 막아야 했지만 이들은 이미 사기가 떨어져 있었고, 전쟁에 패배하였다는 생각을 가지고 있으니 헤이론 왕국의 공격에 두려움을 가지게 있었다.

레스트 공작은 최대한 방비를 한다고는 하였지만, 브레인이 가장 선두에 서서 오러 블레이드를 일으키는 모습에 이번 전쟁에 패배하였다는 것을 느끼고 있었다.

"공작 전하, 적의 선봉에 다섯의 마스터가 서고 있습니다. 이대로 가면 저희 군이 패배를 하게 될 것입니다. 일단 후퇴를 하시는 것이 좋을 것 같습니다."

"나도 이번 전쟁에 패배를 하였다는 것은 알고 있네. 하지만 이대로 그냥 후퇴를 한다는 것이 내키지가 않네."

"공작 전하, 시간이 없습니다. 이대로 가면 저희 군은 엄청난 피해를 입을 것입니다. 어서 후퇴를 해야 합니다."

레이몬드 백작은 군을 물리라고 요청하였지만 레스트 공작은 그럴 생각이 없는 얼굴을 하고 있었다.

총사령관이 피할 생각이 없으니 레이몬드 백작도 방법이 없었다.

가장 우선은 적의 공격에 피해를 줄이는 것이라 생각한 레이몬드 백작은 가장 측근에 있는 귀족에게 빠르게 지시를 내리고 있었다.

"우선 적의 공격에 기사단을 선봉에 서서 방어를 하도록 하게. 그리고 화살을 모두 소진을 하더라도 적이 더 이상 공격을 하지 못하게 하게. 시간이 없으니 빨리 조치를 취하게."

"예, 백작님."

귀족들은 빠르게 대답을 하고는 나갔다.

바이탈 왕국군의 진영에서는 새로운 명령에 빠르게 움직이고는 있지만 문제는 병사들의 얼굴에 이미 졌다는 패배감이 젖어 있어 움직임이 민첩하지가 않다는 것이었다.

브레인은 가장 선두에 서서 적의 방어선을 무너뜨리기 위해 달리고 있었다.

"적의 방어선이 보이니 기사단은 힘을 내서 단숨에 돌파한다."

"예, 공작 전하."

친구들이 대답을 하며 뒤에 따르는 기사들에게 고함을 쳤다.

마스터들이 마나를 실어 힘차게 외치니 기사들도 들릴 정도로 크게 들렸다.

"적의 방어선을 단숨에 돌파하여 적의 수뇌부들이 있는

곳으로 진격한다!"

"예, 마스터님!"

"알겠습니다. 마스터!"

기사들은 힘차게 대답을 하고 있었다.

이들은 이번 전쟁에 승리한다는 확신을 하고 있었다.

이미 전력으로도 충분히 승산이 있다고 생각하고 있는 기사단이었다.

자신들을 상대할 기사단이 적에게는 없다고 생각하고 있어서 그런 것인지는 모르지만 이들의 자신감은 하늘을 찔렀다.

두두두.

기사단이 가장 선두에 공격을 하고 있는 것도 문제지만 마스터가 대거 포진을 하여 공격하는 모습은 바이탈 왕국 군에게는 재앙이었다.

챙챙!

꽝!

꽝!

서걱.

"크아악!"

"아아악!"

"으아악!"

"크윽!"

무적의 기사단은 파죽지세로 적의 방어선을 돌파하고 있었다.

이때 바이탈 왕국군의 진영에서는 적과 아군을 구분하지 않고 화살을 날리고 있었다.

기사들에게는 화살 정도로는 피해를 입지 못하지만 뒤에 따르는 병사들에게는 피해를 줄 수 있다는 생각을 하고 공격을 하는 것 같았다.

"적의 화살 공격이다, 방패병은 방패를 들어 아군을 보호하라."

착착착.

방패병들은 화살이 날아오자 재빠르게 방패를 들어 화살을 방어하기 시작했다.

팅팅팅.

"크윽!"

"으윽!"

"조금만 참아. 이 정도 화살로는 죽지 않아."

병사들은 서로가 보호를 하며 진군을 하고 있었다.

브레인은 적의 화살 공격은 신경도 쓰지 않는지 그대로 기사단을 이끌고 공격을 하고 있었다.

"적의 공격은 일순간이니 적의 심장부로 진격한다."

"공작 전하의 뒤를 따르라."

두두두.

무적의 기사단이라는 이름이 아깝지 않을 정도로 기사단은 엄청난 힘을 발휘하고 있었다.

바이탈 왕국군은 무적의 기사단이 다가오자 서로 피하기 위해 난리가 났다.

"적의 기사단이다. 어서 도망가자."

"무적의 기사단이다. 도망가자."

"적을 피해 도망가면 모두 참살을 하겠다."

서걱!

"크아악!"

병사들이 도망을 가려고 하자 기사들이 이를 막고는 있었지만 이미 병사들에게는 엄청난 공포심이 심어진 병사들에게는 동료의 죽음도 이들을 막지 못하고 있었다.

선두의 방어선은 급격하게 무너지고 있었고 기사들도 어쩔 수 없이 뒤로 물러날 수밖에 없었다.

"모두 뒤로 후퇴하라."

"후퇴하라."

기사들의 명령에 그나마 남아 있던 병사들은 최대한 빠르게 뒤로 도망을 갔다.

브레인은 적의 병사들과 기사단이 후퇴를 하는 것을 보고 무적의 기사단을 향해 다시 명령을 내리고 있었다.

"우리는 무적의 기사단이다. 적의 심장을 향해 진격한다, 나를 따르라."

브레인의 명령은 기사들에게 마치 신을 따르는 기분을 느끼게 해 주고 있었다.

"공작 전하를 따르라."

두두두.

꽝! 꽝!

"크아악!"

"아아악!"

브레인과 기사단은 엄청난 실력을 자랑하며 적을 죽여 나가며 적의 중심부를 향해 가고 있었다.

바이탈 왕국의 중심부에 있는 레이몬드 백작은 더 이상 방어를 할 수 없다는 생각을 하고는 빠르게 레스트 공작을 보며 후퇴할 것을 말하고 있었다.

"공작 전하, 지금이 아니면 물러나지 못하게 됩니다. 제발 후퇴의 명령을 내려 주십시오. 저기 보이는 병사들을 모두 죽일 생각이십니까."

레이몬드 백작의 진심이 담긴 목소리에 레스트 공작의 눈빛이 조금은 빛이 났다.

"백작, 우리의 시대는 끝났겠지?"

레스트 공작은 무슨 생각인지 이상한 소리를 하고 있다.

"공작 전하, 아직은 기회가 있습니다. 우선은 몸을 피하고 제국의 도움을 받으면 충분히 오늘의 복수를 할 수 있을 것입니다."

레이몬드 백작은 자신의 주군이 조금 이상한 생각을 하고 있다는 생각에 다급하게 말을 하였다.

레스트 공작은 그런 레이몬드 백작을 보며 안타까운 눈빛을 하고 있었다.

"당장 전군에 후퇴 명령을 내리고 요새로 가도록 하게. 요새에 도착을 하면 적도 더 이상 공격을 하지 못하게 될 것이니 말일세. 나는 기사단과 함께 여기서 적을 막아 보겠네."

레스트 공작은 이미 죽을 생각을 하고 있는 것 같았다.

레이몬드 백작은 그런 주군의 모습에 눈물이 나왔지만 이를 악물고 참으며 말을 하였다.

"공작 전하, 지금 우리가 비록 후퇴를 하지만 아직은 병력이 많습니다. 그러니 후퇴를 하여 바이에로 요새로 가시면 적의 공격을 충분히 막을 수 있습니다. 그 안에서 제국의 도움을 받기만 하면 오늘의 일에 대한 복수는 할 수 있을 것입니다. 제발 저의 마지막 부탁이라고 생각하시고 따라 주십시오."

레이몬드 백작은 눈물을 흘리며 부탁을 하고 있었다.

레스트 공작은 그런 백작을 보면서 차마 떨어지지 않는 입을 다시 열고 있었다.

"백작도 알고 있을 것이네. 제국의 일은 이미 우리의

손을 떠났다는 것을 말이네. 아마도 제국이 전쟁에 참전을 하게 되면 이제는 황제의 명령에 움직이게 될 것이고, 우리 왕국은 그런 제국의 심부름을 하는 존재가 되고 말 것이네. 그리고 나는 왕국으로 돌아가도 더 이상 살아남기가 힘들 것이네. 혹시 살 수도 있겠지만 나는 그런 구차한 삶을 살고 싶지는 않으니 여기서 마지막을 보낼 생각이라네."

레스트 공작은 이번에 패배를 하면 어떻게 될지를 너무도 잘 알고 있었다.

레이몬드 백작도 공작의 심정을 충분히 이해는 했지만 아직은 기회가 있다고 생각하고 있었다.

"공작 전하, 제국의 황제가 전쟁에 참여한다는 것은 아직 모르는 일입니다. 그리고 미첼 공작가의 힘이 제국에서 가장 막강하다는 것은 공작 전하께서도 아시는 일이지 않습니까. 남아 있는 재물을 모두 동원하면 미첼 공작가를 움직일 수가 있을 것입니다. 마지막으로 희망을 가지고 이번만 후퇴를 해 주십시오. 저의 모든 것을 걸고 마지막 전투를 만들어 보겠습니다."

레이몬드 백작의 말에 레스트 공작의 눈빛이 흔들리고 있었다.

마지막이라는 말이 마음을 움직이고 있는 것 같았다.

"정말 기회가 있을까?"

"예, 있습니다. 마지막의 기회가 남아 있으니 절대 포기를 하지 마십시오. 아직은 우리에게 많은 병력이 남아 있지 않습니까."

레이몬드 백작은 절대 포기를 하지 않겠다는 눈빛을 보여 주었다.

레스트 공작도 그런 레이몬드 백작에게서 희망을 읽었는지 입가에 미소를 지었다.

"자네의 마지막 부탁이라는 말을 듣도록 하지. 당장 전군에 후퇴하라는 명령을 내려라."

"예, 공작 전하."

레이몬드 백작은 빠르게 명령에 대답을 하였다.

바이탈 왕국군의 진영에서는 후퇴하라는 명령이 내려졌고, 병사들과 기사들은 빠르게 물러나고 있었다.

하지만 이들이 후퇴하는 것이 그리 쉬운 일이 아니었다.

브레인은 이들이 후퇴할 것을 생각하고 이미 공격을 세 방향으로 잡고 있었던 것이다.

"공작 전하, 적이 후퇴를 하려고 합니다."

"적의 수장을 잡아야 이번 전쟁을 끝낼 수가 있다. 모두 힘을 내라. 나머지는 다른 군에서 처리를 할 것이다."

"예, 공작 전하."

기사들은 브레인의 말에 힘차게 대답을 하고 있었다.

공격을 하는 동안 기사단에도 많은 피해를 입었지만 아직은 공격을 할 수 있을 정도는 되었기에, 브레인은 무리를 해서라도 적의 수장을 잡으려고 하고 있었다.

　그러나 브레인의 생각과는 다르게 적의 수장인 레스트 공작과 귀족들은 빠르게 후퇴를 하고 있는 중이었다.

　"바람의 기사단은 공작 전하를 보호하면서 후퇴를 하라. 나머지 기사들은 병사들이 후퇴를 하도록 지휘를 하면서 적의 공격을 방어하라."

　"예, 백작님."

　"알겠습니다. 백작님."

　기사들도 전투를 하라는 지시가 아니라 후퇴를 하라는 지시라 모두가 힘차게 대답을 하고 있었다.

　기사들도 승기가 얼마나 중요한지를 알고 있기에 후퇴 명령을 오히려 더 반기고 있었다.

　바이탈 왕국군은 최대한 피해를 줄이면서 후퇴를 하기 시작했다.

　브레인은 적의 수장을 잡으려고 하였지만 결국 적의 방해로 더 이상 기사들과 공격을 하지를 못하고 말았다.

　"공작 전하, 더 이상 공격을 하였다가는 저희들이 위험하게 되겠습니다."

　"기사들에게 멈추라 전하게."

　"예, 공작 전하."

브레인은 후퇴를 하고 있는 바이탈 왕국군을 보며 누군 지는 모르지만 머리가 좋은 놈이 있다고 속으로 생각했다.

후퇴를 하면서도 저렇게 피해를 입지 않게 하려면 상당한 경험과 지식을 가지고 있어야 가능했다.

바이탈 왕국에 참모가 누구인지는 모르지만 영리한 놈이라는 생각이 드는 브레인이었다.

'이번에는 그냥 보내 주도록 하마. 하지만 다음에는 절대 이렇게 보내지 않을 것이다.'

브레인은 적의 병력이 많기 때문에 더 이상 공격을 하는 것은 무리라는 것을 알고 있기에 적을 쫓는 것을 멈추라고 한 것이다.

적의 수장을 잡지는 못했지만 지금까지 적에게 입힌 피해만 해도 엄청난 승리라고 생각하며 마음을 달랬다.

헤이론 왕국군은 이번 공격에 제법 많은 피해를 입었지만, 그래도 이번 전투에서 승리를 하였다는 것에 환호를 지르고 있었다.

"이겼다. 우리가 승리했다."

"와아아, 우리가 이겼다."

"브레인 공작 전하 만세."

"헤이론 왕국 만세."

"국왕 폐하 만세."

"무적의 기사단 만세."

병사들은 지금 엄청난 함성을 지르며 승리에 대한 함성을 지르고 있었다.

귀족들과 지휘관들도 이처럼 엄청난 승리에 어안이 벙벙한 표정이었다.

브레인이 공격을 하자는 말을 하였을 때에 이렇게 엄청난 전공을 세울지는 생각도 못했다.

바이탈 왕국군은 처음에 브레인의 기습에 무려 오만이라는 엄청난 피해를 입었지만 다시 보충을 받아 다시 이십만의 병력을 유지하고 있었는데 이번 공격에 무려 칠만의 병력이 피해를 입게 되었다.

바이탈 왕국의 요새로 알려진 바이에로 요새에 도착한 병사의 수가 겨우 십삼만이었으니 말이다.

"공작 전하, 대승을 축하드리옵니다."

"축하를 하기 보다는 전장을 먼저 정리하도록 합시다."

브레인은 전장이 참혹하여 하는 말이었다.

비록 승리를 하기는 했지만 눈으로 보기에도 참담한 것이 별로 좋게 보이지가 않아서였다.

"알겠습니다. 병사들에게 지시를 내리도록 하겠습니다."

"축하는 성에 돌아가서 합시다."

"예, 공작 전하."

귀족들과 지휘관들은 병사들과 최대한 빠르게 전장을

정리하기 시작했다.

병사들도 죽은 동료들의 시체는 정성을 다해 옮기고 있었다.

전장에서 죽었지만 이들은 왕국의 승리에 가장 큰 공을 세운 병사들이었다.

오만의 병사가 출전을 하여 남아 있는 병사가 삼만 오천이었으니 무려 일만 오천의 병력을 잃은 것이다.

하지만 일만 오천의 병력을 잃었지만 귀족들과 지휘관들은 일만 오천의 희생으로 칠만의 적을 포로로 잡거나 죽였으니, 이런 대승도 없다고 생각하고 있었다.

브레인은 타고난 전략가라는 소리를 하는 귀족들이 늘어나고 있는 중이었다.

마스터이면서 많은 병력을 지휘하는 것은 달랐는데 브레인은 전혀 그렇지가 않았다.

오늘의 승리는 헤이론 왕국의 역사상 가장 큰 전공이라고 해도 될 만큼 커다란 승리라고 생각하고 있었다.

헤이론 왕국이 이렇게 바이탈 왕국에 승리를 하였지만 아직은 완벽한 승리가 아니었다.

적이 물러갔을 뿐, 아직은 전쟁이 끝나지 않았기 때문이다.

국경성의 안에서는 지금 잔치와 같은 분위가 조성되었다.

"공작 전하의 대승이라면서?"

"자네는 눈으로 보지도 못했는가. 이번 전쟁에서 가장 공이 크신 분이 공작 전하이신 것을 말이야."

성벽의 위에서 브레인의 활약을 본 병사들은 모두가 전신이라는 말을 하고 있었다.

전쟁의 신이 있다면 브레인일 것이라고 말이다.

왕국의 전쟁이 시작되면서 단 한 번도 패배를 하지 않을 정도로 막강한 기사단을 보유하고 있었고, 그 전략도 타고난 지휘관이라는 소문이 국경성의 안에서 퍼지고 있었다.

병사들은 그런 브레인을 영웅으로 생각하고 있었다.

"우리 공작 전하께서는 전쟁에서는 절대 패배를 모르시는 분이시라네."

"그럼, 당연한 말이지. 우리 헤이론 왕국의 영웅이 계시는 한 패배를 하지 않을 것이네."

병사들의 말에서 보면 브레인은 완전히 신이 되어 있었다.

그만큼 브레인을 보는 병사들의 시선은 대단했다.

귀족들과 지휘관들이 모여 있는 회의실에서는 모두가 서서 브레인이 오기만을 기다리고 있었다.

브레인이 안으로 들어오자 귀족들과 지휘관들이 일제히 인사를 하고 있었다.

"공작 전하의 대승을 축하드립니다."

"브레인 공작 전하의 승리를 축하드립니다."

모든 귀족들과 지휘관들이 축하를 하는 모습에 브레인은 조금 쑥스러운 기분이 들었다.

자신은 반드시 승리를 할 수 있다는 생각에 이번 전투를 하였는데 이렇게 이들에게 환호를 받으니 조금은 이상한 기분이 들어서였다.

"모두 고맙소. 이번 승리는 우리 모두의 힘이라고 생각하오."

"아닙니다. 공작 전하의 전략이 없었다면 이처럼 커다란 승리는 없었을 것입니다."

"그렇습니다. 오늘의 공은 모두 공작 전하의 것입니다."

귀족들과 지휘관들은 브레인의 말에 모두가 반대를 하고 있었다.

실지로 이번 전쟁의 승리는 브레인의 공이 가장 컸다.

전투를 하는 브레인의 모습을 이들은 영원히 잊지 못할 정도였으니 말이다.

마치 전장을 지배하는 그런 모습에 이들은 모두가 존경과 두려운 눈빛을 하고 있었다.

한편 헤이론 왕국의 왕궁에는 이번 승전에 대한 보고가

날아오고 있었다.

"여기는 국경성입니다. 오늘 바이탈 왕국과 전투를 하여 엄청난 승리를 하였습니다. 이번 전투에는……."

국경성에서 왕궁에 빠르게 보고를 하였고, 그 보고는 바로 국왕에게 전해지고 있었다.

국왕과 귀족들은 아직 왕궁에 기거를 하고 있었다.

귀족들이 왕궁을 떠나 있을 수가 없어서였다.

누구는 전장에서 고생을 하고 있는데 이들이 만약에 저택에서 생활을 하고 있다는 사실이 알려지기라고 하면 아마도 욕을 바가지로 얻어먹게 될 것이기 때문이었다.

"국왕 폐하, 국경성에서 오늘 전투가 있었는데 대승리를 하였다는 보고입니다. 여기 보고서를 보시옵소서."

국왕은 승리를 하였다고 하니 일단 보고서를 먼저 확인하였다.

국왕은 보고서를 보고 있는 중간에 갑자기 손이 떨리는 것을 귀족들의 눈에 보였다.

"이… 이렇게 엄청난 전공을 세우다니……."

국왕의 마지막 말을 모두 듣지 못했지만 대단한 승리를 하였다는 것은 모두가 느낄 수 있을 정도였다.

"국왕 폐하, 전장에서 대승을 하였습니까?"

"여기 보고서를 보시오, 이번에 브레인 공작이 직접 작전을 짜서 엄청난 승리를 하였다는 보고요."

국왕이 보고서를 귀족들에게 보여 주었다.

귀족들은 국왕이 보여 주는 보고서를 같이 보고 있었다.

'대단한 전공이다. 과연 대단한 인물이다. 이런 엄청난 인재가 우리 왕국에 왔다는 것은 정말 대단한 일이다.'

귀족들은 모두가 이런 생각을 속으로 하고 있었다.

"국왕 폐하, 이번 전투의 승리는 왕국 역사상 가장 커다란 공이라고 생각합니다. 바로 국경성에 그에 대한 포상을 해 주는 것이 어떠신지요?"

"아닙니다. 전공에 대한 포상은 나중에 해도 되지만 이번 전투의 승리로 바이탈 왕국이 물러났으니 바이탈 왕국에 바로 사신을 보내는 것이 좋을 것 같습니다. 시간을 끌면 제국이 개입할 수 있으니 말입니다."

왕국의 현자라고 불리는 바이칼 후작이 지금의 사정을 따지며 국왕에게 말을 하였다.

전쟁이 길어서 좋을 것이 없어서 하는 말이었다.

그리고 가장 중요한 제국의 개입 때문이었다.

만약에 카이라 제국이 개입이 되면 헤이론 왕국만의 문제가 아니기 때문이었다.

그러니 빨리 전쟁에 대한 문제를 매듭을 짓는 것이 왕국을 위해서도 좋았다.

"바이탈 왕국에 사신을 보내자는 것은 저들이 패배를

하였다고 생각해야 가능한 일이지 않소."

"바이탈 왕국의 국왕은 이번 전쟁을 처음부터 반대를 하였다고 합니다. 다만 레스트 공작의 힘이 왕실의 힘보다 강하니 어쩔 수 없이 전쟁에 찬성을 하게 되었지만, 이번에 확실히 세력이 줄은 레스트 공작을 정리할 수 있는 기회이니 사신을 보내 전쟁에 대한 패배를 인정하게 하고, 그에 대한 보상을 받는 것이 가장 좋은 방법이라고 생각합니다."

바이칼 후작의 말이 현실적으로 가장 일리가 있는 말이었지만 누가 바아탈 왕국의 사신으로 가려고 하겠는가 말이다.

지금은 아직 전쟁이 끝나지 않은 상황이었고 적도 비록 후퇴를 하기는 했지만 바이탈 왕국의 요새라고 하는 바이에로 요새로 물러갔기 때문이다.

"후작의 말도 일리는 있지만 아직 전쟁이 끝나지 않았으니 사신을 보내는 문제는 조금 더 생각해 보기로 합시다."

"예, 폐하."

바이칼 후작은 더 이상 자신의 의견만 말할 수는 없었는지 국왕의 말에 바로 대답을 하였다.

"국경성에 지원군이 도착하지 않은 상태에서 이렇게 엄청난 전공을 세웠으니 지원군이 도착하면 아마도 새로운 방법이 있을지도 모른다는 생각이 듭니다."

"그렇습니다. 전장의 사령관인 브레인 공작은 전쟁의 신이라는 별명을 얻고 있다고 하니 아마도 무슨 방책이 있을 것입니다."

"전신이라, 과연 어울리는 별명이오. 브레인 공작에게 통신을 하여 축하를 하고 이번 전쟁에 대한 전권을 주었으면 하오."

"헉! 폐하, 전권은 너무 강한 권력을 그에게 주는 것이 아니겠습니까?"

"이미 이번 전쟁에 대해서는 그가 가장 잘 알고 있소. 전장에 있으면서 평화롭게 해결을 하는 방법도 그는 알고 있을 것이라는 생각이 드니, 이번 전쟁에 대한 전권을 주어 그가 알아서 처리를 하게 하는 것이 가장 좋은 방법이라고 생각하오."

국왕은 수도에서 사신을 보내는 것도 상황을 모르고 움직이는 것 같아서 브레인이 아예 모든 일을 처리하였으면 하는 생각을 가지고 있었다.

브레인의 승리로 인해 그가 살고 있는 저택에는 많은 사람들이 찾아오고 있었다.

노라는 저택에 있는 동안 귀족의 예법을 배우면서 시간을 보내고 있었는데, 브레인이 엄청난 전공을 세웠다는 소식을 전해 듣고는 상당히 기뻐하고 있었다.

"브레인 공작의 승리를 축하드립니다. 부인."

"축하드립니다. 부인."

수도에 사는 귀족가의 부인들은 너도나도 노라와 인연을 만들기 위해 저택을 드나들고 있었다.

한동안은 노라가 몸이 아프다는 핑계로 이들이 오지 못하게 하였지만 이제는 이들을 만나는 것도 자연스러울 정도의 모습을 보여 주고 있었다.

노라의 실수도 귀족 부인들에게는 역시 제국의 귀족은 다르다는 생각을 하게 만들고 있었다.

"이렇게 축하를 해 주시니 고맙습니다."

"아닙니다. 이제 대공이 되실 분의 어머니이시니 당연히 저희들이 찾아와야지요."

귀족가의 부인들은 상당히 빠른 정보를 가지고 있었다.

왕궁의 일은 이들도 알고 있을 정도로 빠른 정보망을 가지고 있는 부인들이었다.

"호호호, 고마운 말이지만 아직은 아니지요."

노라는 귀족가의 예법을 배우면서 귀족들이 어떻게 대화를 하는지에 대해 가장 관심을 가졌고 열심히 배웠다.

그래서 지금은 이들과 대화를 하는 것에도 부담이 없이 말을 할 수가 있었다.

아직은 부족한 부분이 있었지만 자신의 몸이 아직 완쾌가 되지 않아 그렇다고 하면서 말을 하니 이들도 오해가 없었다.

이제는 부인들과 대화를 하는 것에 오히려 재미를 붙이고 있는 노라였다.

혼자 저택에 남아 심심했는데 이렇게 스스로 찾아와 대화를 해 주고 있으니 노라의 입장에서는 시간도 보내고 좋은 일이었다.

"부인, 브레인 공작 전하께서는 아직 미혼이시라는 말을 들었는데 사실이에요?"

"맞아요. 우리 공작이 아직은 결혼을 하지 않았지요."

노라는 이들이 노리는 것이 무엇인지를 알고 있었다.

하지만 브레인의 결혼은 스스로 결정을 하게 만들고 싶었다.

서로가 사랑하는 사람과 결혼을 하였으면 하는 것이 노라의 마음이었지만 이들이 어떻게 나올 것인가 궁금해져서 묻고 있었다.

"부인, 제가 공작 전하께 어울리는 신부를 소개해 드리고 싶은데 어떠세요?"

"신부를 소개하겠다고요? 어느 가문의 여식이기에 소개를 하시려고 하는 건가요?"

신부를 소개하겠다고 하는 여자는 수도에 가장 많이 알려져 있는 카미르 부인이었다.

연회를 하는 곳에는 무조건 초청을 받을 수 있을 정도

로 마당발이라 귀족가의 여식에 대해서는 빠삭한 지식을 가지고 있는 여자였다.

남편인 백작이 죽고 혼자 살고 있지만 연회를 하며 자신만의 끼를 살려 지금의 위치에 오른 입지전적인 인물이었다.

"저희 왕국에서 공작 전하와 어울리는 신부라면 가레인 백작의 아리스 영애가 가장 적당할 것 같네요."

아리스 영애는 왕국 제일의 미인이라는 소문이 나 있는 아가씨였다.

모든 귀족들이 참하고 예쁘게 생긴 아리스를 원하고 있었지만, 가레인 백작은 그런 딸을 아무에게 보내고 싶지가 않아 아직까지 혼담이 없는 아가씨였다.

"아리스 영애가 그렇게 미인이라는 소문이 있던데 사실인가요?"

노라는 카미르 부인에게 물었다.

"예, 저도 보았는데 대단한 미인이지요. 왕국 제일의 미인이라는 소문은 사실이에요. 제가 소개를 하려는 것은 미인이라 그런 것이 아니고 공작가의 안주인으로 어울리기 때문이에요."

카미르 부인은 아리스의 인품을 보고 하는 말이었다.

노라는 카미르 부인이 저토록 칭찬을 하는 아가씨라면 한 번은 보고 싶은 생각이 들었다.

"언제 시간이 되면 한번 데리고 오세요. 저도 만나 보고 싶네요."

노라의 말에 카미르 부인의 눈빛이 반짝였다.

"그렇게 하지요, 부인."

노라는 브레인이 결혼하는 것은 서로가 사랑하는 사람과 하는 것을 원칙으로 하고 있지만 이렇게 칭찬을 받을 정도의 여자라면 한 번은 만나도 상관이 없다고 생각하고 있었다.

수도의 저택에서는 아무도 모르게 이렇게 브레인의 결혼에 대한 이야기가 오고 갔다.

6.
대공의 작위를 받다

국경성에서의 전투로 인해 엄청난 피해를 입은 레스트 공작은 지금 자신을 따르는 귀족들과 회의를 하고 있는 중이었다.

"우리가 입은 피해는 각 영지에서 병력을 모으면 되지 만 문제는 기사들이 피해입니다. 이번에 적의 공격으로 실력 있는 기사들이 많이 죽어 기사들의 전력이 부족한 실정입니다."

"음, 레이몬드 백작 카이라 제국의 미첼 공작가에서는 연락이 없는 것인가?"

"아직 결정이 된 것이 없다는 연락을 받았습니다. 그래 서 제가 직접 제국으로 가 보려고 합니다."

"제국으로 간다고?"

"예, 지금은 시간이 없으니 일단 제가 제국으로 가서 미첼 공작을 만나 지원을 받으려고 합니다. 아마도 왕국의 수도에서는 지금 우리를 어떻게 처리할 것인지에 대한 토의를 하고 있을 것입니다. 아직 결정이 나지는 않았지만 아마도 우리를 제거하려고 국왕이 움직이게 될 것이니 이번에 확실히 제국의 미첼 공작에게 지원을 받아 와야 우리도 살 수가 있으니 말입니다."

레이몬드 백작은 레스트 공작을 보면서 이야기를 하였다.

공작도 백작과 같은 생각을 가지고 있었다.

아직 완전히 세력이 무너진 것은 아니기에 국왕이 자신을 죽이려고 하여도 아직은 버틸 힘이 있었다.

자신의 영지와 수하들의 영지에서 병력을 모으면 충분히 국왕의 세력과 싸울 수가 있는 힘이 생기기 때문이었다.

다만 걱정이 되는 것이 있다면 헤이론 왕국이 어떻게 나오려는지가 걱정이 되었다.

"백작이 제국으로 가서 지원군을 받아 오는 동안 여기는 어찌하였으면 좋겠는가?"

"우선은 각 영지에서 병력을 보충하시기 바랍니다. 그리고 국왕의 어떠한 명령에도 따르지 마시고 계시기 바랍니다. 제가 제국에서 돌아올 동안만 기다려 주십시오."

레이몬드 백작도 이번 제국행에 모든 것을 걸고 있었다.

어차피 이대로 있다가는 자신의 앞날도 뻔했기 때문에 최선을 다해 돌파구를 찾으려고 하는 것이다.

"레이몬드 백작. 여기 요새에 있는 동안은 헤이론 왕국이나 우리 왕국과 전투를 한다고 해도 버티고 있을 수가 있을 것이네. 그러니 마음 놓고 다녀오게."

레스트 공작의 말대로 실지로 요새는 왕국이 엄청난 자금을 투자하여 만들은 곳이라, 마법이나 공성무기의 공격에 무너지지 않을 정도로 튼튼하게 만들어져 있는 곳이었다.

그만큼 바이탈 왕국의 자부심이기도 했다.

레이몬드 백작의 제국행은 그렇게 아무도 모르게 진행이 되고 있었다.

헤이론 왕국의 왕성에서 보낸 지원군이 국경성에 도착을 하였고 국왕의 명령서도 함께 도착을 하게 되었다.

국왕은 이번 전쟁에 대한 모든 전권을 브레인에게 일임한다고 하며 전쟁에 대한 마무리를 브레인이 직접 해결해주기를 바라고 있었다.

"브레인 공작 전하를 뵈옵니다."

"공작 전하의 대승을 축하드립니다."

이번에 새롭게 합류를 하게 된 귀족들이 브레인을 보며 인사를 하고 있었다.

이번에 온 귀족들은 각 영지의 지원군과 다른 곳에 국경을 책임지고 있는 병사들이었다.

헤이론 왕국은 다른 왕국의 국경에 배치되어 있는 병력을 지역 영지의 영지병과 대체를 하고 빼오게 되었다.

정예병과 영지병은 차이가 있기 때문에 어쩔 수 없는 선택이었다.

"어서 오시오. 오느라 수고하였으니 오늘은 쉬도록 하시오."

"아닙니다. 저희보다는 공작 전하께서 수고를 하셨지 않습니까. 이런 대승을 하셨으니 말입니다."

귀족들은 브레인을 존경스러운 눈빛을 보고 있었다.

이번 전쟁을 하면서 브레인의 실력과 전략, 그리고 그의 기사들이 얼마나 대단한지가 모두 알려지게 되었으니 이들의 눈빛이 이렇게 변하고 있었다.

어디를 가도 강자는 그만한 대접을 받게 되어 있으니 말이다.

하나의 가문이 성공을 하려면 그만한 능력과 힘이 있어야 가능했다.

힘도 능력도 없는 가문은 절대로 커 날 수가 없기 때문이다.

브레인의 경우에는 귀족들이 스스로 낮추고 있는 경우였다.

이미 가지고 있는 무력이 절대적이라는 것을 알고 있기에 이들은 그런 브레인을 상대로 절대 얕은꾀를 부리지 않으려고 하였다.

브레인과 척을 지게 되면 그 후는 생각도 하기 싫은 결과가 나올 것을 알고 있어서였다.

"고마운 말이나 병사들도 쉬어야 하지 않겠소. 그대들이 쉬지 않으면 병사들도 쉬는 것이 불편하게 될 것이니 오늘은 모두 편히 쉬도록 하시오."

브레인의 말에 귀족들은 병사들을 생각해 주는 모습에 조금은 놀란 얼굴을 하고 있었다.

이들은 병사들에 대한 생각은 그리하지 않고 있었기 때문이다.

대부분의 귀족들은 병사들의 죽음에 그리 민감하게 반응을 보이지 않았다.

자신의 출세에 도움이 되는 존재라고만 생각하고 있어서였다.

"알겠습니다. 공작 전하."

한 귀족이 대답을 하자 다른 귀족들도 어쩔 수 없이 대답을 하게 되었다.

"그럼, 내일 뵙도록 하겠습니다. 공작 전하."

그렇게 인사를 하고 귀족들이 나가자 브레인은 자신의 손에 들려 있는 서류를 보게 되었다.

국왕이 직접 자신에게 전해 준 서류였다.

브레인은 자신의 친구인 엔더슨을 보며 입을 열었다.

"엔더슨은 이 서류에 대해 어떻게 생각해?"

"국왕 폐하께서 이번 전쟁에 대한 전권을 주신 것을 보면 아마도 공작 전하께 모든 것을 일임하시고 싶은 것 같습니다. 이번 전쟁의 마무리를 최대한 빨리 해 주기를 바라는 마음에서 말입니다."

엔더슨은 국왕의 속마음을 단번에 집어내고 있었다.

"음, 그러면 우리가 행해야 할 일들을 한 번 이야기해 봐."

"일단 저들이 자국으로 돌아갔으니 우리는 바이탈 왕국의 국왕에게 통신을 하는 것이 좋을 것 같습니다. 아직 전쟁이 끝나지 않은 상태에서 사신을 보낸다는 것은 말이 되지 않으니 말입니다."

"통신을 하면 달라지나?"

"공작 전하, 지금은 카이라 제국이 개입이 되어 있으니 일단 우리는 조심스러울 수밖에 없습니다. 아직까지는 제국의 미첼 공작가만 개입이 되었지만 황제가 언제 마음이 변할지는 아직 모르는 일입니다. 그리고 바이탈 왕국의 국왕이 전쟁을 반대하였다고는 하지만 이렇게 패배를 하는 것을 보았으니 우리와 협력을 할지는 생각해 볼 문제입니다."

엔더슨이 받은 정보대로라면 레스트 공작가와 미첼 공작가가 개인적인 교류를 하며 이번 전쟁에 지원을 받기로 약속을 한 것이라고 생각하고 있지만 아직은 확실하지 않는 사실이기 때문에 브레인에게 말을 하지 못하고 있었다.

"카이라 제국이 정말 끝까지 개입을 하려고 할까?"

"공작 전하, 저들은 이미 제국 제일의 기사단을 잃었습니다. 아마도 절대 물러서지는 않을 것입니다. 이는 제국의 명예와도 관련이 되는 일입니다."

엔더슨의 말을 들은 브레인은 한참을 생각에 잠겼다.

전쟁을 마치기 위해 자신은 최선을 다했지만 누군지는 모르지만 뛰어난 인재가 있는 바람에 이번 전투에서 적의 수장을 잡지 못했다.

대단한 승전을 하였지만 그렇다고 전쟁이 끝난 것은 아니었기에 고민을 하게 되었다.

"엔더슨, 전쟁을 최대한 빨리 끝내는 방법은 없을까?"

브레인은 전쟁을 빨리 마무리를 하고 싶었다.

수도의 저택에는 어머니도 계시니 자신도 어머니를 만나 보고 싶었고 할 일도 있어서였다.

사람을 죽이는 일을 하고 있는 지금의 상태에서 하루라

도 빨리 벗어나고 싶은 것이 브레인의 생각이었다.

"공작 전하, 이 전쟁을 빨리 끝내시려면 무리를 해서라도 이번에 바이에로 요새를 점령해야 합니다. 요새만 점령하게 되면 바이탈 왕국에서는 더 이상 전쟁을 하고 싶어도 할 수가 없기 때문입니다."

"요새를 점령하면 전쟁을 끝낼 수 있다는 말인가?"

"예, 지금 요새에 남아 있는 레스트 공작의 무리는 사실 왕국의 국왕도 무서워하는 존재입니다. 그러니 국왕의 입장에서는 레스트 공작이 죽었으면 하는 입장이라 만약에 요새를 함락하여 레스트 공작을 잡거나 죽으면, 바이탈 왕국의 국왕의 성정으로 보았을 때 스스로 패전을 선포하고도 남을 것입니다."

브레인은 엔더슨의 말을 듣고 바이탈 왕국의 국왕에 대해 생각을 하게 되었다.

자신이 듣기로는 국왕은 인정이 많은 사람이지만 당차지 못해 항상 레스트 공작에게 끌려 다니는 입장이었고, 이번 전쟁도 레스트 공작의 강권에 어쩔 수 없이 허락을 하게 되었다고 알고 있었다.

그런 국왕에게 레스트 공작이 죽거나 잡혔다는 보고가 되면 아마도 스스로 패전을 인정할지도 모른다는 생각이 들었다.

"엔더슨, 지금부터 요새에 대한 정보를 모으도록 하라.

저들의 움직임을 한시도 놓치지 말고 주시를 하고 요새를 공격할 틈이 있는지를 확인하라."

브레인의 명령에 엔더슨은 눈빛이 빛나고 있었다.

"알겠습니다. 공작 전하."

엔더슨은 이번 적의 요새에 대해 처음부터 많은 조사를 하고 있는 중이었다.

전쟁을 끝내기 위해서는 아무래도 적의 요새를 점령해야 할 것 같아서였다.

엔더슨은 대답과 동시에 조용히 사라졌다.

브레인은 엔더슨의 말대로 적의 요새를 점령하여 이번 전쟁을 끝내려는 마음을 먹고 있었다.

더 이상 병사들의 피해를 보고 싶지가 않아서였다.

이들도 돌아가면 한 가정의 일원인데 이렇게 죽게 둘 수는 없는 일이라고 생각해서였다.

브레인은 전쟁을 빨리 끝내기 위해서는 어쩔 수 없는 선택이라고 생각하며 아버지인 제임스가 있는 곳으로 갔다.

제임스는 이번 기사 대전에서 엄청난 실력을 보여 줘 기사들에게도 크게 인정을 받고 있었다.

물론 오러 블레이드는 보이지 않았지만 충분히 마스터라는 소리를 들을 정도로 대단한 실력을 보여 주었다.

"아버지, 안에 계십니까?"

"들어와라."

제임스는 브레인이 자신을 찾는 목소리에 바로 대답을 해 주었다.

안 그래도 지금 마음이 울적해서 술을 한 잔하려고 하는 중이었다.

브레인은 안으로 들어오니 아버지의 얼굴이 그리 좋아 보이지가 않았다.

"무슨 일이 있으세요?"

"아니다. 원수의 가문에 복수를 하면 마음이 편해질 것이라고 생각했는데 그렇지도 않구나."

제임스는 평생을 마음속에 복수를 가지고 살았던 사람이니 이번에 복수를 하였다고는 하지만 일부에 지나지 않았고, 그 대상들이 지난 시절 자신이 알고 있는 사람들이 아니었기에 마음이 그리 편하지가 않았다.

"아버지 가문의 복수는 나중에라도 충분히 갚아 줄 수 있으니 너무 걱정하지 마세요. 제가 있지 않습니까."

브레인의 말에 제임스는 희미하게 미소를 지었다.

사실 브레인으로 인해 오늘의 자신이 있을 수가 있었다는 생각이 들어서였다.

브레인이 고대 검술을 찾지 못했다면 오늘 자신이 가문의 원수가 눈앞에 있었다고 해도 자신이 나설 수 없었을 것이라는 생각이 들었다.

"알았다. 복수를 잊었다고 생각했는데 지금 보니 그것도 아니라는 생각이 드는구나."

"아닙니다. 아직은 우리가 강하지 않으니 그렇지 조금만 더 강해지면 충분히 원수를 갚을 수 있을 거예요. 그러니 조금만 더 기다려 주세요."

브레인은 아버지의 마음을 이해하고 있었다.

오랜 시간을 복수심에 불타 있었던 아버지가 자신과 어머니 때문에 복수를 포기하고 살아왔던 그런 아버지였기에 지금의 심정이 어떠한지를 느낄 수가 있었다.

"그래, 무슨 일로 온 것이냐?"

"예, 저는 이번에 확실히 전쟁을 끝낼 방법을 찾았는데 아무래도 병력이 부족할 것 같아서요. 그래서 아버지가 용병들을 좀 모아 주었으면 해서요."

"용병들을?"

"사실 처음부터 용병들을 이번 전쟁에 참전을 시키려고 하였지만 이상하게 이번 전쟁에는 용병들이 중립을 지키겠다고 하여 전쟁에 용병들이 참여를 하지 않았는데, 바이탈 왕국의 요새로 알려진 바이에로 요새를 공격할 때는 병력이 부족하니 용병들이라도 고용을 하려고 하는 거지요."

브레인의 말대로 용병길드에서 이번 전쟁에 용병들을 참전시키지 않은 이유는 바로 카이라 제국의 미첼 공작가의 입김 때문이었다.

용병길드의 총본부가 제국의 수도에 있었고 제국에서 가장 힘이 있는 미첼 공작의 부탁을 들어주지 않을 수가 없었기에, 용병들에게 이번 전쟁에는 중립을 지키라는 지시를 하게 되었다.

용병길드는 길드의 지시가 있으니 어쩔 수 없이 양측의 전쟁에 대해서는 침묵으로 대할 수밖에 없는 입장이었다.

사실 길드의 방침에 용병들이 대거 반대를 하기는 했지만 길드의 장이 용병들의 대선배이자 용병왕이라고 불리는 파리엘이 직접 내리는 명령이라 용병들도 결국 따르게 되었다.

파리엘은 용병들에게는 신화의 용병이라는 소리를 들을 정도로 신임을 받고 있는 용병이었기 때문이다.

길드에서는 아직까지 용병들에게 불이익이 가지 않도록 최선을 다해 노력을 하는 모습을 보여 주었기 때문에, 나름 용병들의 세계에서는 가장 신뢰를 받고 있는 곳이기도 했다.

"너는 용병길드에 내가 가서 그들을 설득해 주었으면 하는 것이냐?"

"예, 저들을 설득해 주시면 이번 전쟁을 마무리할 수 있을 것 같습니다. 저도 더 이상 전쟁을 계속하고 싶지가 않으니 말입니다."

브레인도 전쟁을 빨리 끝내고 싶어서 하는 말이었다.

제임스는 그런 아들의 눈빛을 보고는 조용히 무언가 생각에 빠졌다.

한참의 시간이 지나자 제임스는 브레인을 보고 대답을 해 주었다.

"내가 가서 한 번 설득을 해 보겠지만 너무 기대를 하지는 마라."

"아버지가 가셔서 되지 않으면 저도 더 이상 용병들에게는 기대를 하지 않겠습니다."

브레인은 제임스가 무언가 했다는 성취감을 주고 싶어 이렇게 부탁을 하고 있었다.

제임스가 무력하게 있는 모습을 보고 싶지는 않아서였다.

자신이 아버지인 제임스에게 도움을 줄 수 있는 것이 바로 전직 용병인 제임스에게 하나의 임무를 주어 스스로 무력감에서 빠져나오게 하는 것이었다.

제임스는 그런 아들의 마음을 아는지 모르는지 조금은 안색이 좋아지고 있었다.

'아들이 가장 필요하다고 생각할 때 도움을 주어야겠지. 길드에 가서 친구들을 만나 도움을 받아야겠다.'

제임스는 한때 용병으로 생활을 하면서 많은 친구들이 있지는 않았지만, 그래도 친구들이 용병계에서는 제법 힘깨나 쓰고 있는 바람에 자신이 나서게 되면 충분히 가능성이 있다고 생각하였다.

브레인은 제임스의 얼굴이 이제야 밝아지고 있어서 그런지 기분이 조금은 좋아졌다.

"아버지, 빨리 전쟁을 마무리하고 우리 수도에 계시는 어머니한테 가요."

"그래, 그렇게 하자."

제임스도 아내인 노라가 조금은 걱정이 되는 모양인지 약간은 걱정스러운 표정을 짓고 있었다.

브레인이 전쟁을 마무리하기 위해 용병들을 끌어들이려고 할 때 헤이론 왕국의 국왕은 브레인에게 대공의 작위를 주기 우해 브레인을 급히 수도로 불렀다.

똑똑.

"누군가?"

제임스는 자신의 방에 노크를 하는 소리에 급히 대답을 했다.

"예, 공작 전하께 급히 통신이 와서 전해 드릴 말이 있어 이렇게 왔습니다."

제임스는 브레인에게 급히 보고를 하기 위해 왔다는 말에 브레인을 보았다.

"일단 들어오게 하세요. 무슨 일인지 들어야 알지요."

"알았다. 들어오게."

제임스의 허락에 문이 열리며 통신을 하는 마법사가 들어왔다.

마법사는 브레인을 보고는 급히 보고를 하기 시작했다.

"공작 전하, 국왕 폐하께서 급히 수도로 오시라는 명령입니다."

"아니, 아직 전쟁이 끝나지도 않았는데 수도로 오라는 명령을 내렸다는 말이오?"

브레인은 이해가 가지 않는다는 표정을 지었다.

누가 보아도 아직 전쟁이 끝나지 않았는데 전장의 사령관을 수도로 오라는 명령은 잘못된 것이기 때문이었다.

"저도 자세한 것은 모릅니다. 국왕 폐하께서 긴급으로 수도로 오시라는 명령만 있었습니다. 지금 당장 전장에 문제가 없으니 바로 수도로 오시라는 명령이었습니다."

브레인과 제임스는 국왕이 갑자기 부른 이유를 몰랐지만 국왕의 명령을 거부할 수는 없는 일이었다.

일개 공작이 왕국의 국왕이 내린 명령을 거부할 경우에는 이는 반란이라고 보아도 무방할 정도의 죄가 성립되기 때문이었다.

"일단 알았으니 이만 물러가 있으시오."

브레인은 마법사에게 지시를 내리고는 바로 제임스를 보며 입을 열었다.

"아버지는 어떻게 생각하세요?"

"나도 이유를 모르겠지만 짐작으로는 전에 이야기한 작위 문제 때문이 아닐까라는 생각이 드는구나."

제임스는 국왕이 브레인을 부를 이유가 없는데 갑자기 호출을 하는 이유는 분명히 대공의 작위 때문이라는 생각이 강하게 들어서 하는 말이었다.

"그러면 대공의 작위를 주기 위해 오라는 말씀이세요?"

"나도 정확한 이유를 모르니 답을 해 줄 수 있는 것이 한정될 수밖에 없다."

제임스의 추리는 그 정도가 한계였다.

아무리 생각을 해 보아도 작위 문제 빼고는 브레인을 부를 이유가 생각나지 않아서였다.

"흠, 작위를 주기 위해 전장의 사령관을 부른다. 무언가 이상하네요."

"나도 그렇게 생각이 들지만 아무리 생각해도 그 이유를 빼고는 부를 이유가 없다고 생각이 드는구나."

"알겠습니다. 일단 전장이 급한 것은 아니니 수도로 가서 국왕을 만나 보지요. 아버지는 저와 함께 가시다가 용병길드에 일을 보도록 하세요."

"그렇게 하자."

브레인은 그렇게 제임스와 함께 수도로 급히 이동을 하게 되었다.

브레인은 수도로 가기 전에 전장의 지휘할 사령관의 자

리를 임시로 체리스 후작에게 위임하고 떠났다.

자신이 보기에는 가장 믿음직스러운 사람이었기 때문이었다.

무적의 기사단을 모두 데리고 가고 싶었지만 혹시 모르는 일이라 절반의 기사단만 데리고 수도로 이동을 하였다.

두두두.

자욱한 먼지를 날리며 달리는 기마들의 위에는 제임스와 브레인, 그리고 기사단이 달리고 있었다.

국경성에서 수도까지의 거리를 최대한 단축하기 위해 밤에만 휴식을 하고 달리고 있는 중이었다.

"공작 전하, 이대로 달리면 오후에는 수도에 도착을 할수 있을 것 같습니다."

"쉬지 말고 이대로 달린다."

"예, 공작 전하."

브레인은 수도로 가는 길이 멀지만 최대한 말을 이용하여 빨리 이동을 하였고 밤에만 쉬면서 달리는 바람에 엄청난 시간을 단축하고 있었다.

나른한 오후의 햇살이 비추는 오후의 햇살에 수도의 정문을 지키고 있는 병사 중에 한 명이 나오려는 하품을 참으려니 눈물이 나왔다.

"에이, 날씨가 이러니 잠만 오니 미치겠네."

"이봐, 필 나도 잠이 오지만 지금은 전시라 그런 모습을 보였다가는 아마도 목숨이 위험할 거야."

"나도 알고 있지만 잠이 오는 것을 어쩌란 말인가."

병사들은 한가롭게 대화를 하고 있었다.

그런데 한 병사가 갑자기 전방을 보며 소리를 쳤다.

"어? 저기 먼지가 자욱한 것을 보니 말을 타고 오는 것 같은데 그래."

"어디? 정말 그러네, 무슨 급한 일이 있는 것인가?"

병사들은 말을 타고 급히 수도로 오는 병사나 기사가 있으면 바로 통과를 시키라는 지시를 받았기 때문에 하는 소리였다.

전시에 급히 연락을 해야 하는 경우에는 이런 일도 있을 수 있으니 최대한 빠르게 연락을 할 수 있도록 한 조치였다.

"어서 문을 열어라. 브레인 공작 전하께서 가시는 길이다."

기사의 고함 소리에 병사들은 허둥지둥 문을 열기 시작했다.

왕국의 영웅인 브레인이 수도로 왔다는 것은 무슨 일이 생겨도 크게 생겼다는 생각이 들어서였다.

두두두.

기마들은 병사들을 스쳐 정문을 그대로 통과하여 왕궁으로 달리고 있었다.

이렇게 급하게 이동을 할 수 있는 것도 지금은 전시라 가능한 일이었다.

왕궁의 정문에 도착한 기마들은 서서히 속도를 줄이고 있었다.

근위 병사들은 자신들이 있는 곳으로 다가오는 기마들을 보고는 바짝 긴장을 하고 있었다.

"브레인 공작 전하께서 오셨다. 어서 문을 열어라."

기사의 전언에 병사들은 깜짝 놀라고 말았다,

전장에 있어야 하는 브레인이 수도에 왔으니 이들이 놀라지 않을 수가 없었다.

"문을 열어라. 브레인 공작 전하께서 오셨다."

병사의 외침에 거대한 문이 열리기 시작했다.

브레인은 정문을 지키고 있는 병사들의 얼굴을 보며 조용한 목소리로 입을 열었다.

"수고들 하네. 국왕 폐하의 부르심을 받고 왔으니 소문이 나지 않게 해 주게."

브레인은 자신이 국왕의 명령에 온 것을 말해 주면서 소문이 나지 않게 하라는 말을 하고 있었다.

브레인의 말을 감히 일개 병사들이 거부할 수 없는 일이었다.

"걱정하지 마십시오. 공작 전하."

"무슨 일이 있어도 소문이 나지 않게 하겠습니다. 공작 전하."

병사들의 말에 따뜻한 미소로 답해 주며 브레인은 안으로 들어갔다.

브레인의 그런 모습은 근위 병사들에게 따뜻한 정을 느끼게 해 주고 있었다.

브레인이 사라지고 없지만 병사들은 아직도 훈훈한 미소가 머릿속을 떠나지 않는 그런 표정을 짓고 있었다.

국왕이 있는 궁에 도착한 브레인은 기사들에게 손으로 지시를 하였다.

무적의 기사단이 아무리 대단한 기사단이라고는 하지만 여기는 국왕이 있는 곳이니 소란을 피우지 말라는 뜻이었다.

기사들도 금방 눈치를 채고는 스스로 행동에 조심을 하고 있었다.

브레인은 제임스와 마스터들을 대동하고 입구에 도착하자 시종장이 브레인을 보고는 놀란 얼굴을 하고 있었다.

"국왕 폐하의 부르심을 받고 온 것이니 안에 보고를 해 주게."

브레인의 말에 시종장은 안색을 고치며 황급히 소리를 쳤다.

"폐하, 브레인 공작과 기사단이 들었습니다."

시종장의 목소리에 국왕과 귀족들은 조금 놀란 얼굴을

하였다.

통신을 한 시간을 따지면 절대 올 시간이 아니었는데 벌써 도착을 하였다고 해서였다.

"안으로 드시라 하게."

"예, 폐하. 안으로 드시라 하옵니다. 공작 전하."

시종장의 말과 함께 문이 서서히 열리고 있었다.

브레인은 문이 열리자 당당하게 안으로 걸음을 옮겼다.

물론 그의 뒤에는 제임스와 마스터들이 호위를 하듯이 걸어오고 있었다.

국왕과 귀족들은 브레인과 일행을 보면서 정말 늠름하다는 느낌을 지울 수 없었다.

왕국의 귀족이라는 것이 정말 다행이라는 생각이 저절로 드는 국왕이었다.

"국왕 폐하를 뵈옵니다."

"국왕 폐하께 인사드리옵니다."

브레인과 기사들이 정중하게 인사를 하자 국왕은 흐뭇한 미소를 지으며 답변을 해 주었다.

"어서 오시오. 전장에서 바쁜 그대들을 이리로 오라 해서 진심으로 미안하오. 하지만 왕국의 입장에서 더 이상 그냥 있을 수가 없어 공작을 오라 한 것이니 불쾌해도 이번은 이해를 해 주시기를 바라오."

국왕은 브레인의 얼굴을 보고 금방 사정을 눈치채고 있

었는지 장황하게 설명을 하고 있었다.

브레인은 국왕이 하는 말을 듣고는 일단은 국왕의 말에 따르기로 마음을 먹었다.

"황공합니다. 폐하의 부르심을 받고 어찌 오지 않을 수가 있겠습니까. 그리고 다른 생각은 처음부터 가지고 있지를 않았습니다. 폐하."

브레인의 말에 국왕과 귀족들은 아주 묘한 미소를 짓고 있었다.

"하하하, 공작 전하, 어서 오시오. 전장에 계신 분을 이렇게 소환하게 되어 정말 죄송합니다. 하지만 전쟁에 대한 모든 권리를 행사하려면 그만한 작위도 필요하다고 생각하여 정식으로 우리 왕국의 대공의 작위를 드리기 위해 이렇게 오시라고 한 것입니다."

바이칼 후작은 브레인을 보며 아주 호탕한 웃음을 지으며 설명을 해 주었다.

국왕도 이미 귀족들과 이야기를 마쳤는지 입가에 미소만 짓고 있었다.

브레인과 제임스는 역시라는 생각을 하였는지 그리 놀라는 얼굴은 아니었다.

제임스와 브레인은 작위 문제가 아니면 부를 이유가 없다고 판단을 하고 왔기 때문이었다.

아마도 전장의 전권을 행사하기 위해서는 대공의 작위

가 있어야 할 것이라는 생각을 하였기 때문일 것이다.

"브레인 공작. 시간이 없으니 바로 작위식을 거행하겠소. 정식으로 작위의 자리는 보통 잔치를 해야겠지만 지금은 전시라 그에 따라 하는 것이니 이해를 해 주시오."

"아니옵니다. 폐하."

"브레인 공작은 나의 앞으로 와서 무릎을 꿇으시오."

브레인은 국왕의 말에 당당하게 걸음을 옮겨 국왕의 앞에 가서 무릎을 꿇었다.

모여 있는 모든 귀족들은 브레인의 작위식이 거행하는 동안 처음으로 왕국의 대공위가 내려진다는 생각에서인지 모두가 엄숙한 모습을 하고 있었다.

챙!

국왕은 어검을 뽑아 들며 브레인의 오른쪽 어깨에 검을 올려놓으면 물었다.

"그대는 우리 헤이론 왕국에 충성을 할 수 있겠는가."

"예, 충성을 하겠습니다."

"그대는 왕국의 귀족으로서 명예를 지키겠는가?"

"예, 그리하겠습니다."

"그대를 헤이론 왕국의 대공으로 임명한다. 이로서 그대는 정식으로 헤이론 왕국의 귀족이 되었음을 국왕의 이름으로 선포를 하는 바이다. 그리고 영지는 그대가 전쟁을 마치고 돌아오면 정해 줄 것이니 그렇게 아시오."

국왕의 선포에 귀족들은 모두 브레인에게 축하를 하기 바빴다.

"브레인 대공 전하, 축하드리옵니다."

"대공 전하의 승작을 진심으로 축하드립니다."

"왕국의 대공이 되심을 축하드립니다. 브레인 대공 전하."

여러 귀족들이 축하 인사를 하는 것에 브레인은 담담하게 받아들이고 있었다.

전장에서 전투를 하면서 이런 일을 자주 당해 보니 이제는 익숙해져서였다.

"국왕 폐하, 대공의 작위를 내려 주셔서 감사합니다. 귀족들의 축하도 모두 고맙게 받겠소. 하지만 지금은 전시라 제가 여기에 오래 있을 수가 없으니 바로 저는 전장으로 돌아갔으면 합니다. 폐하."

"하하하, 브레인 대공은 정말 믿을 수 있는 우리 왕국의 보물이오. 알겠소. 전장에 계시는 대공을 부른 이유가 바로 바이탈 왕국의 일을 보기 편하게 하기 위해 그런 것이니, 이제 전장으로 가서도 바이탈 왕국에 직접 사신을 보내 협상을 할 수가 있을 것이오."

국왕의 말대로 공작이 사신을 보내는 것과 대공이 보내는 것은 차원이 달랐다.

브레인이 이미 사신을 보내는 것이 아니면 통신을 연결

하여 요새를 공격하려고 하였지만, 사령관이자 공작인 브레인이 바이탈 왕국과 통신을 하는 것에는 문제가 있었다.

물론 전장에 관한 모든 권리는 브레인에게 있다고는 하지만 그래도 나중에 문제가 될 소지는 있었다.

하지만 이제 대공이 되었으니 이는 아무 문제도 없게 되었다.

대공의 작위를 가지게 되면 개인적으로 외교를 할 수가 있었기 때문이다.

"알겠습니다. 전장의 일은 저에게 맡겨 두십시오."

브레인은 그렇게 국왕을 안심시키고 바로 전장으로 가여 한다고 하면서 왕궁을 빠져나왔다.

전장으로 가기 전에 잠시 어머니를 보고 가려는 마음에서였다.

저택으로 가는 중간에 제임스는 브레인을 보며 말을 걸었다.

"브레인, 어머니를 보면 내가 전쟁에 참여하였다는 말은 하지 마라. 괜히 걱정하시니 말이다."

"알았어요. 걱정 마세요. 아버지."

브레인도 제임스가 무슨 생각으로 그런 말을 하는지를 알고 있기에 안심하라고 하였다.

"그럼, 나는 바로 용병길드로 갈 것이니 너는 저택에

들러 어머니를 만나고 가도록 해라. 시간이 조금 늦을 수도 있으니 그렇게 알고 알았냐?"

"아니, 어머니도 만나지 않으시려고요?"

"아니다. 일을 마치고 만나는 것이 오히려 좋을 것 같아서 그런다."

제임스는 노라를 만나게 되면 자신이 움직이지 못하게 될 것을 염려하여 가지 않으려고 하였다.

아내의 고집을 누구보다도 잘 알고 있는 제임스가 그런 아내를 만나게 되면 아마도 다시는 나가는 것을 허락하지 않을 것이기 때문이었다.

브레인은 제임스가 어머니를 만나지 않으려는 이유를 대강 짐작하고는 입가에 미소를 지으면 대답을 하였다.

"알았어요. 그렇게 하세요. 저는 혼자 왔다고 하면 되겠네요."

"그래, 부탁하자."

제임스는 그렇게 말을 하고는 바로 떠났다.

자신이 할 일도 시간이 걸리는 일이라 최대한 빨리 해결을 보기 위해서였다.

제임스가 떠나자 브레인은 바로 저택으로 갔다.

저택의 입구에는 기사들이 대기를 하고 있었다.

평시에는 병사들이 지키고 있었지만 지금은 정문의 지키는 일도 기사들이 하고 있었다.

브레인이 저택의 입구에 도착을 하자 기사들이 놀란 얼굴로 인사를 하고 있었다.

"공작 전하를 뵈옵니다."

"어서 오십시오. 공작 전하."

기사들은 인사를 하면서도 어리둥절한 표정을 짓고 있었다.

"그대들이 수고가 많다. 국왕 폐하의 부르심을 받고 와서 일을 마치고 잠시 저택을 들렀다 가려고 왔다."

브레인의 설명에 기사들은 이제 이해가 간다는 얼굴을 하였다.

기사들에게 설명을 하는 사이에 저택의 안에서는 제이슨 단장이 나오고 있었다.

제이슨 단장은 어머니가 저택에 계시니 보호를 위해 전장에 가지도 못하고 이곳을 지키고 있는 중이었다.

"공작 전하, 어서 오십시오."

제이슨은 정문이 소란스럽다고 느껴져서 나온 것인데 브레인 와 있는 것을 보고는 황급히 인사를 하였다.

"하하하, 제이슨 단장 그동안 잘 있었소."

"예, 저는 저택을 지키는 일이니 그리 어렵지 않습니다. 공작 전하."

"고맙소, 안에 어머니는 계시오?"

"제가 안내를 해 드리겠습니다. 공작 전하."

제이슨의 안내로 브레인은 어머니가 계시는 곳으로 갔다.

노라는 아들이 온 것도 모르고 오늘도 열심히 공부를 하고 있었다.

귀족의 예법도 배우지만 기본적인 지식을 배워야 했기 때문에 노라도 죽을 맛이었다.

노라가 그런 모습을 하고 있을 때 문이 열리면서 안으로 들어오는 사람이 있었다.

노라는 안으로 들어온 사람을 보고는 깜짝 놀라고 말았다.

"브레인!"

"어머니, 몸은 어떠세요."

브레인은 노라가 아프다는 말을 듣고도 오지 못해 항상 미안한 마음을 가지고 있었는데, 이렇게 보니 제일 먼저 나오는 말이 바로 건강에 대한 말이었다.

노라는 브레인의 말은 들리지도 않는지 이내 달려가 브레인을 안았다.

이제는 아들의 품에 안기는 꼴이었지만 그래도 기분이 좋은 노라였다.

"브레인, 정말 보고 싶었다."

노라는 말을 하면서도 울지 않으려고 노력하는 것이 눈에 보일 정도였다.

"어머니, 이제 걱정하지 마세요. 아차, 저 이제 헤이론 왕국의 대공이 되었어요. 정식으로 국왕에게 작위를 받은 것이니 이제부터 우리 가문은 대공의 가문이 되는 것입니다."

브레인은 노라가 울려고 하는 모습에 놀라 말을 하고 있었다.

노라도 대공이 되었다는 말에 눈물은 어디로 갔는지 놀란 얼굴을 하며 브레인을 보았다.

"저… 정말이냐?"

"예, 작위를 받은 증서가 여기 있잖아요."

브레인은 자신이 받은 증서를 노라에게 보여 주며 말했다.

노라는 브레인이 보여 주는 작위 증서를 보며 눈가에 또다시 눈물이 고였다.

아들이 지금까지 이렇게 되려고 얼마나 고생을 하였을 것인지를 생각하니 마음이 아팠다.

브레인은 그런 노라를 보며 다시 입을 열었다.

"어머니, 이제 우리 가족은 여기서 자리를 잡아도 돼요. 이번 전쟁에 끝나면 국왕이 영지도 주겠다고 하였으니 우리 가문의 영지가 생기면 안에는 어머니가 도와 주셔야 해요. 아시겠죠?"

노라는 영지가 생긴다는 말에 더욱 놀라는 얼굴이었다.

영지가 있다는 것은 영주가 된다는 뜻이었기 때문이다.

노라도 제임스를 따라다녔기 때문에 영주의 힘이 얼마나 대단한지를 알고 있었다.

"저… 정말 영지를 주시겠다고 하셨니?"

"예, 어머니. 그러니 이제 편하게 사실 수가 있어요."

브레인은 노라를 힘차게 안아 주며 기분 좋게 웃었다.

어머니를 오랜만에 보았지만 눈으로 보니 이제 건강한 모습이어서였다.

두 모자간은 오랜만에 웃음꽃을 피우면 즐거운 시간을 보내고 있었다.

브레인도 비록 하루지만 어머니와 함께 있을 수가 있다는 것이 마음에 평화를 찾게 하였다.

"브레인, 그런데 너는 결혼을 하지 않을 생각이냐?"

노라는 귀족 부인들이 드나들면서 항상 하는 이야기가 바로 결혼 이야기였고, 아리스라는 아가씨가 생각이 나서 하는 말이었다.

브레인은 어머니의 말에 순간 당황하였지만 이내 침착하게 대답을 해 주었다.

"어머니, 아직은 우리가 자리를 잡지 못해서 그런 것이니 결혼은 조금 미루고 싶어요. 자리를 잡으면 결혼은 언제든지 할 수 있잖아요."

노라도 브레인의 말에 고개를 끄덕였다.

결혼은 본인이 직접 마음에 드는 여자를 만나 하는 것이 좋다고 생각하고 있어서였다.

"나도 결혼에 대해서는 진심으로 사랑하는 사람과 해야 한다고 생각하고 있다. 하지만 너무 기다리게는 하지 마라."

"네에 알았어요. 어머니."

브레인은 어머니를 보니 마음이 편해졌다.

여행을 간다고 하며 연락도 드리지 못하고 있다가 이렇게 시간이 지나 만났지만, 어머니는 항상 같은 모습으로 자신을 대하고 있다는 것을 알게 되어 기분이 좋아졌다.

즐거운 시간은 빨리도 가는지 어느 사이 시간을 흘러 새벽을 지나가고 있었다.

노라는 내일 아침에 브레인이 가야 한다는 것을 알고 브레인을 보며 안타까운 눈빛을 하고 있었다.

잠시라도 더 같이 있고 싶은데 시간이 너무 빠르게 간다는 생각만 들어서였다.

"어머니, 이제 그만 가서 자야겠어요. 내일은 인사를 드리지 못하고 가게 될지도 모르니 이해해 주세요."

"아니다. 큰일을 하는 사람이라면 당연히 그렇게 행동을 해야 한다. 어서 가서 자거라."

"예, 편히 주무세요. 어머니."

브레인은 떨어지지 않는 발걸음을 억지로 옮기고 있었다.

자신도 어머니와 헤어지는 것이 싫었지만 지금은 자신이 할 일이 있었기 때문에 어쩔 수 없는 일이었다.

7.
바이탈 왕국의 결정

브레인이 어머니인 노라와 좋은 시간을 보내고 다시 전장으로 돌아오자 국경성의 귀족들은 모두가 축하 인사를 하고 있었다.

"대공 전하, 축하드립니다."

"승작을 축하드립니다. 대공 전하."

헤이론 왕국에 처음으로 대공이 탄생하였으니 귀족들과 지휘관, 그리고 기사와 병사들까지 모두가 축하를 하고 있었다.

"와아아, 대공 전하 만세."

"브레인, 대공 전하 만세."

병사들과 기사들의 함성이 메아리치고 있었다.

브레인은 자신을 이렇게 뜨겁게 반겨 주는 병사들을 보고 가슴이 뜨거워지는 것을 느꼈다.

전장이라는 곳이 이렇게 남자의 가슴을 울리는 곳이라는 것을 처음으로 느끼고 있었다.

브레인은 손을 흔들어 주며 대답을 대신하였다.

국경성의 모든 지휘부들이 모인 회의실에 브레인과 지휘관들이 모여 있었다.

"자, 이제 바이탈 왕국의 움직임에 대한 보고에 대한 이야기를 하겠소."

브레인의 말에 엔더슨이 가장 먼저 보고를 하였다.

"바이에로 요새에는 레스트 공작을 따르는 무리들이 지금 병력을 모으고 있는 중입니다. 그리고 레이몬드 백작이 제국의 미첼 공작가에 가 있다고 합니다. 아마도 공작가의 도움을 받기 위해 가 있는 것 같습니다."

엔더슨의 말에 한 귀족은 빠르게 질문을 하였다.

"제국의 지원은 미첼 공작가만 하는 것이오?"

귀족의 말에 다른 귀족들도 모두 엔더슨을 바라보았다.

"아직은 제국의 황실이 움직이지는 않고 있습니다. 미첼 공작가에서 개인적으로 바이탈 왕국의 레스트 공작과 협의를 하여 도움을 주고 있는 것 같습니다."

브레인은 엔더슨의 말에 조금은 안심이 되는 얼굴을 하였다.

"음, 그러면 제국의 전격적인 개입은 걱정을 하지 않아도 되는 것인가?"

"아직은 제국의 황실이 움직이지 않으니 그렇다고 생각합니다. 하지만 미첼 공작가의 힘이 제국의 황제를 움직일 수도 있으니 아직 모르는 일입니다."

미첼 공작의 힘은 카이라 제국의 모든 귀족들 중에 가장 강한 가문이었다.

그만큼 제국에서는 강함 파워를 가지고 있다는 말이었다.

미첼 공작이 황제를 만나 지금의 상황을 설명하면서 도움을 요청하게 되면 황제도 도움을 뿌리치지는 못하기 때문이었다.

그렇게 되면 이는 제국의 본격적인 개입이 되는 일이었고, 잘하면 대륙 전쟁으로 퍼질 수도 있는 문제였다.

헤이론 왕국의 국왕도 이 점을 알고 있기 때문에 주변의 왕국에 이미 사신들을 보내 카이라 제국의 일에 대한 말을 해 주었고, 주변의 왕국에서도 제국의 개입에 대해 촉각을 세우고 지켜보고 있는 중이었다.

카이라 제국이 개입을 하게 되면 이는 다른 왕국들도 지켜볼 수만은 없는 일이었기 때문이다.

제국의 욕심을 모르는 왕국은 없어서였다.

"제국이 개입하기 전에 바이탈 왕국의 국왕과 단판을

짓는 것이 빠르겠군."

"단판이라니요?"

"바이탈 왕국도 제국의 개입을 원하지는 않을 것이니 이참에 국왕과 통신을 하여 레스트 공작을 제거하는 것이오. 우리와 함께 말이오. 그러면 제국의 입장에서 전쟁에 개입할 명분이 사라지게 되니 말이오."

전쟁의 핵심인 레스트 공작이 사라지면 미첼 공작가로서는 더 이상 전쟁에 관여를 할 수 있는 명분이 없게 되어 하는 말이었다.

귀족들은 브레인의 말을 듣고 정말 뛰어난 전략이라고 생각했다.

"좋은 방법입니다. 대공 전하."

"그런데 바이탈 왕국의 국왕이 과연 저희의 의견을 따르겠습니까?"

"아마도 내가 보기에는 바이탈 국왕도 레스트 공작이 있는 것에 부담을 가지고 있는 것 같으니 우리가 제의를 하게 되면 기회라고 생각할 것이오."

브레인은 전쟁을 끝내고 싶은 것이지 바이탈 왕국의 영지를 탐내는 것이 아니었다.

영지를 얻을 생각이었으면 이대로 공격을 해야 하는데 이는 카이라 제국에게 빌미를 줄 수도 있는 일이었기에 지금은 어쩔 수 없이 여기서 끝을 내는 것이 가장 좋은 방법이라고 생각했다.

아무리 좋은 방법을 생각해도 이보다 좋은 방법은 없을 것 같았다.

"하지만 바이탈 왕국의 국왕과 함께 레스트 공작을 공격하게 되면 이번 전쟁에 대한 배상금은 어찌하실 생각이십니까?"

"우리가 전쟁에 승리를 한 것은 사실이니 바이탈 왕국의 국왕과 그래서 단판을 지을 생각이오. 저들이 원하는 것은 레스트 공작의 죽음이고 나는 저들에게 전쟁에 대한 배상금을 받는 것이니 말이오."

귀족들은 브레인의 말을 들으니 충분히 가능성이 있는 일이라고 생각되었다.

바이탈 왕국의 국왕은 예전부터 레스트 공작에게 눌림을 당하고 있었으니 그에게 원한을 가지고 있을 것이고, 이번에 확실하게 제거를 한다는 보장만 있으면 충분히 타협을 하게 될 것이기 때문이었다.

이들도 카이라 제국이 언제 개입을 할지 모르는 상황이라 하루라도 빨리 전쟁이 끝났으면 하는 마음이었다.

"충분히 가능한 일입니다. 대공 전하."

엔더슨의 말에 귀족들도 이구동성으로 대답을 하였다.

"저도 그렇게 생각합니다. 대공 전하."

"그렇습니다, 대공 전하."

브레인은 모두가 같은 생각을 하고 있어 기분이 좋았다.

자신도 빨리 전쟁을 마치고 집으로 돌아가고 싶었다.

"그러면 바이탈 왕국에 통신을 연결하시오. 내가 직접 국왕과 이야기를 해 보겠소."

"알겠습니다. 대공 전하."

브레인은 말을 마치고 바로 통신실로 가기 위해 일어섰다.

"대공 전하, 저희도 따라가겠습니다."

귀족들은 통신을 직접 듣고 싶은 모양이었다.

"모두가 원하니 함께 갑시다."

브레인의 허락에 귀족들은 눈빛은 감사의 빛을 담고 있었다.

"감사합니다. 대공 전하."

브레인은 귀족들과 통신실로 가면서 속으로 다른 생각을 하고 있었다.

'그대들에게 알리지는 않았지만 아버지가 용병들을 설득하게 되면 아마도 우리는 적의 요새를 공격할 수가 있을 것이오. 아직 설득이 될지는 모르지만 말이오.'

브레인은 제임스가 용병들을 설득하여 이 전쟁이 빨리 끝이 났으면 하는 마음뿐이었다.

브레인과 귀족들이 통신실로 향하고 있을 때 바이탈 왕국의 왕궁에서는 지금 열심히 회의를 하고 있었다.

"국왕 폐하, 레스트 공작이 전쟁에 패배를 하고 지금 바이에로 요새로 대피를 하였다고 합니다."

바이탈 국왕은 레스트 공작이 패배를 하였다는 말에 속으로 기분이 좋았다.

자신이 비록 못난 국왕이지만 그래도 한나라의 국왕인데 자신의 의견을 묵살하고 전쟁을 시작하더니 결국 저렇게 패하고 숨어 있다는 말이 국왕의 마음을 기쁘게 하였다.

'꼴좋다. 그렇게 전쟁을 한다고 난리를 치더니 결국 그렇게 패전을 하여 도망을 치고 마는구나. 그나저나 이놈에게 어떻게 원수를 갚지?'

국왕은 레스트 공작이 패배를 하였다는 말에 이번에 확실히 레스트 공작을 제거하려는 마음을 먹고 있었다.

물론 귀족들이 있는 자리에서는 그런 내색을 하지 않았지만 말이다.

"전쟁에 패하였으니 이제 어찌하였으면 좋겠소?"

"폐하, 헤이론 왕국의 전력이 생각보다 강하여 전쟁에 패배를 하였지만 레스트 공작은 지금 다시 병력을 모으고 있다고 하옵니다."

"레스트 공작이 전쟁에 패배를 하게 되어 나중의 일이

걱정이 되니, 제국의 개입을 바라고 있을 것입니다. 그러기 위해서는 시간이 필요하니 요새로 후퇴를 한 것으로 보입니다."

귀족들은 레스트 공작이 전쟁에 패배를 하자 이번이 기회라고 생각하였는지 모두가 레스트 공작을 비방하고 있었다.

그리고 이제는 레스트 공작의 힘이 예전과는 다르다는 것에 힘이 나는 기분이었다.

하지만 제국의 개입에는 모두가 공통적으로 걱정이 되었다.

국왕은 일단 제국의 개입보다는 헤이론 왕국이 걱정되었다.

"헤이론 왕국은 어떻게 하고 있소?"

"헤이론 왕국에서는 지금 새롭게 전력이 도착을 하였다고 합니다. 아마도 전력을 모아 총공격을 하려는 모양입니다."

전쟁에 승기를 잡은 자가 그냥 보고 있지는 않을 것이라는 것이 이들의 생각이었다.

그리고 레스트 공작의 전력이 처음과는 다르기에 헤이론 왕국도 공격을 할 것이라고 생각하고 있는 귀족들이었다.

"폐하, 전쟁에 패배를 하기는 했지만 저들이 공격을 하는 것을 보고만 있을 수는 없는 일입니다. 이는 왕국의 영토를 잃게 되는 것이니 헤이론 왕국과 협정을 해야 합니다."

바이탈 왕국의 왕궁에 모인 귀족들도 헤이론 왕국이 공격을 하게 되면 어찌 될 것인지에 대해 가장 신경을 쓰고 있었다.

왕국의 입장에서는 레스트 공작이 죽었으면 하였지만 헤이론 왕국의 공격을 막았으면 하는 마음도 있었기 때문이다.

카이라 제국의 도움을 받아 전쟁을 시작하였지만 제국의 막강한 기사단도 무너진 상황에서 더 이상 제국의 도움을 받게 되면 이는 바이탈 왕국의 입장에서도 문제가 되기 때문이었다.

"솔직히 나는 레스트 공작이 이번 전쟁에 패배를 하여 죽었으면 했는데 지금 이렇게 어려운 상황으로 변해 가니 이제는 그렇게 생각할 수도 없게 되었소. 무슨 좋은 생각이 없으시오?"

국왕의 생각과 귀족들도 같은 마음이었지만 현실은 실로 어려운 상황이었다.

헤이론 왕국의 공격을 방치할 수도 없고 그렇다고 레스트 공작이 승리를 하게 해 줄 수도 없는 일이었기 때문이다.

"폐하, 일단은 레스트 공작이 어찌하는지를 두고 보는 방법밖에는 없습니다. 우리 왕국이 먼저 전쟁을 시작하였기 때문에 당장 헤이론 왕국에 전쟁을 멈추어 달라고 할 수도 없는 일이지 않습니까."

한 귀족의 말에 다른 귀족들도 고개를 끄덕이고 있었다.

자신들이 먼저 선전포고를 하고 공격을 하고는 패전을 하니 이제 와서 그만하자고 하면 누가 그 이야기를 듣고 그대로 하겠는가 말이다.

그리고 가장 중요한 것이 이미 헤이론 왕국의 입장에서는 승리가 눈에 보이는데 멈출 이유가 없었기 때문이다.

바이탈 왕국의 귀족들은 아직 왕국이 패전을 한 것은 아니라고 생각하고 있었다.

왕국의 모든 힘이 이번 전쟁에 투입이 된 것은 아니기 때문이다.

이들은 전쟁에 패배를 하였다기보다는 일시적인 패전으로 생각하고 있었다.

그래서 정전 협상을 하려는 마음을 가지고 있었지만 지금은 그런 이들의 생각과는 다르게 일이 진행이 되고 있었다.

이때 시종장의 다급한 목소리가 회의실을 울렸다.

"폐하, 헤이론 왕국의 총사령관인 브레인 대공이 국왕

폐하와 직접 통신을 하고 싶다고 하옵니다."

"적의 총사령관이 나와 직접 통신을 하고 싶다고 하였는가?"

"예, 지금 통신실의 마법사가 여기 대기하고 있습니다."

"마법사를 안으로 들이라."

국왕의 명령이 떨어지자 시종장은 마법사에게 눈치를 주고 있었다.

어서 안으로 들어가라는 눈치였다.

마법사는 잔뜩 긴장한 얼굴을 하고는 안으로 들어갔다.

안에는 많은 귀족들과 국왕이 자신만 보고 있으니 마법사는 몸이 굳어지는 기분이었다.

"폐하께 인사드립니다. 통신 마법사 미카엘이라고 합니다."

"그대는 통신을 받은 그대로를 이야기하라."

"예, 적의 총사령관이 브레인 대공이 직접 통신을 하여 국왕 폐하와 대화를 하고 싶다고 하고 있습니다."

"본인이 직접 통신을 한 것인가?"

"예, 그렇습니다. 폐하."

국왕은 마법사의 말을 듣고는 귀족들을 보았다.

귀족들도 적의 사령관이 무슨 일로 국왕과 통신을 하려고 하는지를 생각하느라 국왕이 자신들을 보고 있는지도 모르고 있었다.

"헤이론 왕국의 사령관이 직접 통신을 하였다고 하는데 모두 어찌 생각하시오?"

국왕은 귀족들이 말을 하지 않으니 결국 직접 질문을 하게 되었다.

"폐하, 일단 통신을 해 보시는 것이 좋을 것 같습니다. 헤이론 왕국의 총사령관이 폐하와 통신을 원하는 것은 무언가 저들이 원하는 것이 있다고 보입니다."

"나도 그렇게 생각하오."

국왕은 그렇게 대답을 하고는 통신을 하기 위해 자리를 비웠다.

통신실의 앞에는 바이탈 왕국의 국왕이 조금은 긴장한 얼굴을 하고 서 있었다.

"나는 바이탈 왕국의 국왕이오."

[반갑습니다. 저는 헤이론 왕국의 총사령관이 브레인 대공이라고 합니다. 국왕 폐하.]

"브레인 대공의 이름은 알고 있소. 그런데 무슨 일로 이렇게 통신을 하신 것이오?"

국왕의 말에 브레인은 자신이 생각하고 있는 것을 이야기하기 시작했다.

[제가 이렇게 연락을 드린 이유는 카이라 제국의 문제 때문입니다. 정보에 의하면 지금 레이몬드 백작이 제국의

미첼 공작가에 가 있다고 합니다. 레스트 공작은 제국이 직접 개입하기를 원하고 있는 것 같습니다. 그래서 바이탈 왕국의 국왕 폐하께 이렇게 연락을 드리게 된 것입니다.]

국왕은 레스트 공작이 제국을 본격적으로 개입시키기 위해 레이몬드 백작을 제국에 보낸 것이라는 말에 깜짝 놀라고 말았다.

"아니, 제국의 개입을 하라고 하기 위해 레이몬드 백작이 직접 제국으로 갔다는 말이오?"

[그렇습니다. 카이라 제국이 이번 전쟁에 개입을 하게 되면 이는 대륙 전쟁으로 번지는 일이 될 것을 국왕 폐하께서도 아시고 계실 것입니다.]

브레인의 말에 국왕은 속으로 레스트 공작을 욕을 하고 있었다.

'이런 미친놈이 도대체 무슨 짓을 하고 있는 거야.'

국왕의 얼굴이 그리 좋지 않는 것을 보고 있는 브레인은 조용히 국왕의 대답을 기다리고 있었다.

한참을 욕을 하고 있던 국왕도 조금은 진정이 되었는지 브레인을 보며 입을 열었다.

"나에게 바라는 것이 무엇이오?"

[저희는 이번 전쟁에 상당히 많은 피해를 입었습니다. 그래서 바이탈 왕국에서 이번 전쟁에 입은 피해에 대한

보상을 해 주시기를 바랍니다. 그리고 레스트 공작의 문제는 합동으로 처리를 했으면 합니다.]

"보상과 레스트 공작을 함께 공격하자는 말이오?"

[그렇습니다. 제국이 개입을 하기 전에 레스트 공작을 처리하게 되면 미첼 공작이라고 해도 전쟁에 개입할 명분이 없기 때문입니다.]

국왕은 브레인의 말을 듣고는 조용히 생각을 하고 있었다.

제국의 개입은 실로 커다란 문제였다.

바이탈 왕국의 문제가 아닌 대륙에 있는 모든 왕국들의 문제였기 때문이다.

왕국 연합이 결성되면서 카이라 제국이 대륙에 욕심을 내게 되면 서로가 합심을 하여 대항을 하자는 결의문을 나눈 적도 있었다.

"내가 우리 왕국의 레스트 공작을 공격할 것이라 생각하고 연락한 것이오?"

[저는 국왕 폐하께서 현명한 분이라고 알고 있습니다. 제국의 개입은 국왕 폐하께서도 바라지 않는 일이라고 생각하였고, 레스트 공작의 문제를 처리하게 되면 양국의 일도 정리가 되기 때문에 이렇게 연락을 하게 되었습니다.]

브레인은 국왕이 기분 나쁘지 않게 말을 하고 있었다.

국왕도 브레인의 말이 일리가 있다는 것을 알고 있지만 상대가 자신에게 먼저 연락을 하였다는 것이 조금은 자존심이 상해서 말을 하지 않고 있었다.

'도대체 우리 왕국에는 저렇게 생각을 하는 사람이 없다는 말인가. 이거야 원 자존심이 상해 미치겠군. 빌어먹을 레스트 놈이 지랄만 하지 않았어도 내가 이런 꼴을 당하지는 않잖아.'

국왕은 레스트 공작만 욕을 하고 있었다.

브레인도 국왕이 대답이 없어 속으로 국왕을 욕하고 있었다.

'아니, 이렇게 좋은 기회를 저렇게 버리고 싶은 거야? 나 같으면 얼씨구나 하면서 하겠다. 저러고도 무슨 국왕이라고 자리를 차지하고 있는 거야. 에라, 나가 디질 놈아.'

브레인이 속으로 욕을 하고 있는지도 모르고 바이탈 국왕은 한참을 기다리게 하더니 결국 브레인을 보며 입을 열었다.

"그러면 공격은 어떻게 할 것이며 전쟁을 마치면 어찌 처리를 할 것인지에 대해 이야기해 보시오."

브레인은 국왕과 협상을 하기 전에 이미 귀족들과 배상금에 대한 이야기를 하고 이 자리에 온 것이기 때문에 주저 없이 대답을 해 주었다.

[우리 왕국에 입은 피해 보상금은 모두 삼십만 골드만 주시면 됩니다. 물론 일시불로 주십시오. 전쟁에 먼저 시작한 나라는 분명히 바이탈 왕국이니 말입니다. 그리고 공격은 언제든지 가능하니 국왕 폐하께서 준비가 되어 연락을 주시기만 하면 바로 저희는 공격을 하겠습니다.]

브레인의 말에 국왕은 생각도 없이 바로 대답이 나오자 이미 일이 성사될 것을 생각하고 왔다는 것을 알았다.

적이지만 정말 대단한 인재라는 생각이 드는 국왕이었다.

"놀랍소. 브레인 대공은 이미 이번 일이 성공할 것을 염두에 두고 온 것 같소. 알겠소. 나도 제국이 개입을 하는 것에는 반대를 하는 입장이니 그렇게 하겠소. 공격 일시는 귀족들과 상의를 해 보고 연락을 드리도록 하겠소."

[감사합니다. 시간이 없으니 최대한 빨리 결정을 보았으면 합니다. 국왕 폐하.]

"알겠소. 브레인 대공."

브레인과 국왕은 서로가 원하는 것이 있으니 순조롭게 이야기를 마칠 수가 있었다.

브레인의 주변에 있던 귀족들은 대화를 나누는 내내 불안과 긴장에 쌓였는데 브레인이 바이탈 왕국의 국왕과 협상을 순조롭게 마치자 이제 안심이라는 표정을 지었다.

"대공 전하, 이제 전쟁을 마치는 일만 남은 것 같습니다."

"그렇습니다. 이제 전쟁을 끝낼 때가 되었습니다."

귀족들도 들었지만 이제 바이탈 왕국군과 함께 레스트 공작을 공격하기만 하면 되는 일이었다.

바이탈 왕국의 국왕이 자신의 설명을 이해했기 때문에 그래도 일이 잘 풀려 다행이라는 생각이 드는 브레인이었다.

"마지막 전투가 남아 있으니 각 군단에 마지막까지 최선을 다해 주시기를 바라오."

"예, 대공 전하."

"걱정하지 마십시오. 대공 전하."

브레인의 명령에 귀족들은 힘차게 대답을 하였다.

8.

바이에로 요새를 공격하다

바이탈 왕국의 국왕과 귀족들은 브레인의 말에 대해 열심히 토의를 하고 있었다.

서로가 원하는 것을 얻기 위해 결국은 레스트 공작을 희생할 수밖에 없었기 때문이었다.

그리고 바이탈 왕국에 남아 있는 귀족들도 레스트 공작이 죽었으면 하는 사람들만 남아 있어서였다.

국왕도 그런 사람 중에 한 명이었으니 말이다.

"폐하, 저들이 우리와 함께 공격을 해 준다면 요새를 탈환하는 것도 그리 힘들지 않는 일입니다."

"그러면 당장 군대를 준비하여 공격을 하도록 합시다. 레스트 공작이 바라는 것이 바로 시간이니 말이오."

"알겠습니다. 시간이 없다고 하시니 중앙군을 준비하여 공격을 하도록 하겠습니다. 폐하."

레스트 공작은 이번 전쟁에 자신이 있어 왕국의 중앙군을 전쟁에 데리고 가지 않았다.

국왕의 입장에서는 정말 다행스러운 일이었지만 말이다.

"그렇게 하시오. 공격을 할 시간을 정해 저들에게 연락을 해 주어 동시에 공격을 할 수 있게 하시오. 우리만 공격을 한다면 많은 피해를 입을 수 있으니 말이오."

"그렇게 하겠습니다. 폐하."

바이탈 왕국의 중앙군은 갑자기 내려진 국왕의 명령에 출정 준비를 하느라 정신이 없었다.

"빨리 준비를 해야 하니 최대한 빠르게 움직여라."

"아니, 갑자기 무슨 전투를 하라는 거야?"

"나도 모르지. 준비를 하라고 하니 하는 거지."

병사들은 갑자기 하는 출정에 불만을 터트리고 있었다.

이들도 헤이론 왕국과 전쟁을 하여 레스트 공작이 패배를 하였다는 소리는 들었다.

하지만 바이에로 요새로 후퇴를 하였다고 하여 일단 안심을 하고 있었는데, 갑자기 자신들이 출정을 하라는 지시에 불만이 생긴 것이다.

"어이, 제니 이번 출정에 공을 세워야지."

"너나 잘해라."

기사들도 이번 출정에 불만이 있는지 말을 하는 폼이 거칠기만 했다.

"그런데 이번 출정에 레스트 공작군을 공격한다는 말이 있던데 사실일까?"

"나도 모르지만 레스트 공작이 국왕 폐하의 명령을 어겨서 그런다고 하드라고."

국왕과 귀족들은 기사들과 병사들에게 은밀히 소문을 퍼트리고 있었다.

바로 레스트 공작이 국왕의 명령을 거부하고 있다는 소문을 말이다.

그래야 레스트 공작을 공격해도 문제가 생기지 않을 것이기 때문이었다.

바이탈 왕국의 중앙군이 준비를 마치고 출전을 하게 되자 바로 헤이론 왕국에서 연락이 왔다.

"여기는 바이탈 왕국군의 통신실이오. 우리는 모든 준비를 마쳤으니 삼 일 뒤에 총공격을 하도록 하였으면 하오."

[알겠소. 우리도 준비는 하였으니 그대로 공격을 하겠소.]

이미 공격을 할 루트는 정해 놓았기 때문에 시간만 서로 이야기를 하면 되었다.

바이탈 왕국군와 헤이론 왕국군이 공격을 위해 시간을 기다리고 있을 때 바이에로 요새 있는 레스트 공작은 레이몬드 백작의 연락을 기다리고 있었다.

"백작에게 온 연락은 없나?"

"아직 연락이 없습니다. 공작 전하."

"음, 시간이 없는데 어째서 아직도 연락을 하지 않는 것일까?"

레스트 공작은 레이몬드 백작의 연락이 와야 움직일 수 있다는 것에 답답함을 느꼈다.

요새에 있는 것이 안전할지는 모르지만 자신이 생각하는 것은 이런 것이 아니었다.

안전만 생각하고 있을 것이면 무엇 때문에 전쟁을 시작하였겠는가 말이다.

"공작 전하, 요새의 주변을 정찰하는 것이 어떻습니까?"

"헤이론 왕국의 움직임이 수상한가?"

"아직 확실히 움직이는 것을 포착하지는 못했지만 저들이 그냥 있는 것이 더 수상해서 그렇습니다."

레스트 공작도 이상하기는 했다.

전쟁이 승리를 하고 공격을 하지 않고 있으니 오히려 더 이상한 기분이 들었다.

'저들이 원하는 것이 무엇일까?'

레스트 공작은 가만히 생각에 잠겨 들었다.

레스트 공작이 비록 전쟁에 패배를 하기는 했지만 원래가 머리가 뛰어난 사람이었다.

그러니 가만히 생각을 하면서 자신의 처지도 생각하게 되었고, 국왕의 얼굴이 떠오르자 문득 떠오르는 것이 있었다.

"아차, 이들이 협공을 할 수도 있다는 생각을 하지 못했구나."

"예? 협공이라니요?"

레이몬드 백작보다는 못하지만 그래도 머리가 제법 뛰어난 라비엘 자작은 레스트 공작의 말에 무슨 소리인지를 궁금해했다.

"자네는 우리의 처지를 보고 협공이라면 어디인지가 생각나지 않는가?"

라비엘 자작은 레스트 공작의 말에 가만히 생각에 빠졌다가 갑자기 놀란 얼굴을 하였다.

"아니, 그러면 왕국이 군대와 헤이론 왕국군이 합공을 한다는 말입니까?"

"그래, 우리 왕국의 국왕이 나를 얼마나 싫어하는지는 자네도 알고 있을 것이야, 그러니 국왕의 입장에서는 이번 기회에 나를 제거하려고 하겠지. 그러면 가장 좋은 방법이 무엇이 있을까?"

레스트 공작의 말에 라비엘 자작은 공작의 얼굴을 놀란 눈빛으로 보았다.

저렇게 똑똑한 양반이 전쟁에 패배를 하고 있다는 것이 믿어지지가 않아서였다.

'설마 주제 파악을 하지 못해서 그런 것은 아니겠지?'

라비엘 자작은 속으로 그렇게 생각하니 레스트 공작을 다른 시각을 보게 되었다.

예전에는 가장 두려운 사람이라고 하면 레스트 공작이었는데, 자신의 생각이 다르게 가지게 되니 이제는 레스트 공작이 무섭지도 않게 보였다.

"공작 전하, 우리도 준비를 해 두어야 하지 않겠습니까?"

라비엘 자작도 죽고 싶은 마음은 없었기에 하는 말이었다.

"준비라… 무엇을 준비하라는 말인가? 이미 이 요새는 방어를 위한 모든 준비가 되어 있는데 말이야."

레스트 공작은 바이에로 요새에 대한 믿음은 절대적이었다.

설사 제국군이 쳐들어온다고 해도 요새만큼은 무너지지 않을 것이라는 생각을 가지고 있었다.

그만큼 바이에로 요새는 왕국의 차원에서 신경을 써서

축성한 곳이었다.

라비엘 자작도 요새가 얼마나 방어에 강한지를 알고 있었지만 그래도 준비는 해야겠다고 속으로 생각하고 있었다.

'죽으려면 혼자 죽을 것이지 왜 우리도 함께 끌고 가는 거야. 짜증나게.'

라비엘 자작은 속으로 그렇게 욕을 하면서 빠르게 나가고 있었다.

병사들과 기사들에게 지시를 해야 했기 때문이다.

레스트 공작은 이제 끈 떨어진 연과 같은 신세라고 생각하고 있는 수하들이었다.

한편 제국의 지원군을 기다리고 있는 레이몬드 백작은 지금 미첼 공작가에서 대기를 하고 있었다.

"공작 전하, 바이탈 왕국의 레이몬드 백작이 기다리고 있는지 벌써 삼 일이 되었습니다."

"자네는 내가 그들을 도와주어야 한다고 생각하는가? 우리 제국의 제일 기사단인 폭풍 기사단이 전멸을 하였는데 말이야."

미첼 공작은 가장 강력한 기사단이 전멸을 하였다는 보고를 받고는 처음에는 발광을 하였다.

시간이 지나면서 차츰 정신을 차려 지금은 말을 하지

않고 있지만 아직도 미첼 공작에게는 폭풍 기사단의 전멸은 마음에 걸리는 문제였다.

"공작 전하, 바이탈 왕국의 전쟁에 우리가 개입한 사실은 이제 제국의 모든 귀족이 알고 있는 사실입니다. 여기서 우리가 손을 떼게 되면 다른 귀족들의 구설수에 오를 수도 있습니다."

"누가 감히 나를 두고 그런 소리를 한다는 말인가?"

미첼 공작가의 강력한 기사단이 폭풍의 기사단인 것은 맞지만 다른 기사단도 충분히 강한 전력이었다.

대외적으로는 폭풍의 기사단이 막강하다고 알려져 있지만 가문의 속을 보면 그보다 더 강한 기사단이 아직 남아 있기에 미첼 공작이 참을 수가 있었다.

제국의 공작은 모두 다섯 개의 기사단을 보유할 수가 있었지만 대부분이 더 많은 기사단을 키우고 있었다.

편법이기는 하지만 미첼 공작가도 예비 기사단이라고 하면서 실질적으로 강력한 기사단을 키우고 있었다.

"공작 전하, 바이탈 왕국의 정보에는 문제가 없었습니다. 다만 생각지 못하게 헤이론 왕국에 새로운 마스터가 생겼다는 것을 모르고 전쟁을 시작한 것이 문제였습니다."

"아니, 전쟁을 한다는 놈이 그런 정보도 없이 시작을 했다는 말을 믿으라는 말인가?"

미첼 공작의 말에 테니 백작은 할 말이 없었다.

공작의 말이 전혀 틀리지 않았기 때문이다.

하지만 레이몬드 백작이 자신에게 준 뇌물을 생각하면 무조건 이번에 지원을 해 주어야 하기 때문에 고민을 하고 있는 테니 백작이었다.

"공작 전하, 헤이론 왕국의 브레인 공작은 우리 제국의 귀족이라는 말이 있습니다."

"우리 제국의 귀족이 무엇 때문에 헤이론 왕국의 작위를 받는다는 말인가?"

"일단 레이몬드 백작의 말을 들어 보고 결정을 하시는 것이 어떻습니까."

테니 백작의 집요한 설득에 미첼 공작도 긍정적으로 생각이 바뀌고 있었다.

"진짜로 우리 제국의 귀족이 헤이론 왕국의 귀족이 되었다는 말인가?"

"저도 자세한 것은 모릅니다. 그러니 레이몬드 백작을 만나 보시라고 하는 것입니다."

테니 백작은 레이몬드 백작에 들은 이야기 중에 제국의 귀족이 헤이론 왕국의 귀족이 되었다는 이야기를 하여 미첼 공작의 호기심을 자극하고 있었다.

미첼 공작은 제국의 귀족이라는 자부심이 매우 강한 인물이라 제국의 귀족이 왕국의 귀족이 되었다면 분명히 반응이 있을 것이라고 생각해서였다.

아니다 다를까 미첼 공작은 바로 반응을 보였다.

"레이몬드 백작이라고 했는가? 일단 한 번 만나보고 결정을 하도록 하세."

"예, 공작 전하."

테니 백작은 레이몬드 백작에게 받은 뇌물 값을 했다는 생각에 입가에 미소를 지었다.

이번에 받은 뇌물은 상당한 양이라 테니 백작도 욕심이 나서 거절할 수가 없었다.

보통의 귀족은 대부분이 뇌물에 약했고 테니 백작도 그런 사람이었다.

미첼 공작과 레이몬드 백작이 만남은 또 따른 사건을 만들고 있었다.

9.
레스트 공작의 죽음

바이에로 요새를 공격하기 위해 양국은 은밀히 이동을 하였지만 라비엘 자작의 정찰조에 걸려 버렸다.

"자작님, 지금 적의 공격이 있을 것 같습니다."

"드디어 공격을 하는구나. 공격을 하는 방향은 어느 쪽이냐?"

"지금 오는 병력을 보니 동문과 북문을 공격할 생각인 것 같습니다."

"공격을 받는 곳에는 철저히 방어에 전념하라는 지시를 내려라. 우리가 있는 요새를 믿으면 된다고 전하면 될 것이다."

브레인과 바이탈 왕국의 병력이 많으니 아무리 은밀히

이동을 한다고 해도 결국 걸리고 만 것이다.

브레인은 은밀히 이동을 한다고 해도 바이에로 요새의 시선을 잡을 수는 없을 것이라 예상을 하고 있었기에 급하게 공격을 서두르지는 않았다.

브레인은 바이에로 요새가 눈에 보이자 요새를 살펴보며 감탄을 하고 있었다.

"허어, 정말 대단한 요새로구나. 저런 요새를 가지고 있으면 적의 침략에도 충분히 방어를 할 수가 있을 것 같구나."

"바이탈 왕국이 가장 자랑하는 곳이지요."

"그럴 만하네. 우리가 공격을 한다고 해도 많은 피해를 입을 것이고, 그렇게 해도 요새를 함락하는 것이 쉽지 않아 보이네."

브레인은 요새의 단단함에 아주 마음에 들었는지 자꾸 시선이 요새로만 가고 있었다.

"에레나, 고대에도 저런 요새가 있었나?"

'마스터, 고대에는 저런 요새는 약한 것이었습니다. 그런데 언제 힘을 키우실 생각이십니까?'

에레나는 브레인이 아직 약하기 때문에 깨어 있는 시간도 얼마 되지 않아 짜증이 났다.

마스터의 종이기는 하지만 너무 약한 마스터를 만났다고 하면서 궁시렁거리는 모습에 브레인이 부르지 않고 있었는데 사실은 부를 때마다 언제 강해지냐고 하면서 타박을 주니 브레인이 부르지 않고 있었던 것이다.

'지가 강하게 만들어 주면 될 것을 가지고 나만 뭐라 하고 있어.'

브레인은 에레나만 부르면 이런 생각이 저절로 났다.

자신도 강하다고 생각하는데 에레나의 말을 들으면 고대에는 자신의 실력 정도는 널리고 널렸다고 하니 기분이 좋을 리가 없었다.

자신은 그래도 명색이 마스터라고 자부하고 있었는데 에레나와 있으면 그런 마스터가 완전히 똥값이었기 때문이다.

"에레나, 자꾸 그런 소리를 하면 이제 안 부른다."

'마음대로 하세요. 나야 안에서 쉬고 있으면 되지요.'

에레나는 혼자 오랜 시간을 보내는 것이 이제는 몸에 익어서 그런지 브레인의 협박에는 반응도 하지 않았다.

"에레나, 그러지 말고 우리 협조를 하도록 하자."

'무슨 협조를 해요?'

"너도 밖으로 나오고 싶다고 했으니 나를 강하게 만들수 있는 방법이 있을 것 아냐, 나에게 그 방법을 알려 주면 되잖아."

'방법은 있지만 지금 마스터에게는 독이 되는 방법이라 알려 줄 수 없어요. 그냥 혼자 열심히 수련하세요.'

말을 해도 저렇게 멋대가리 없게 하는 에레나였지만 브레인은 버릴 수가 없었다.

반지가 자신의 손가락에서 떨어지지가 않아서였다.

이미 에레나는 브레인을 주인으로 인식을 하였기 때문에 이제 반지는 브레인이 죽어야 떨어지게 되었다.

에레나는 흑마법사가 만들었지만 능력은 현시대에서 가장 강하다고 해도 될 정도였다.

그만큼 능력이 있는 에레나였지만 문제는 브레인의 명령에 그다지 잘 듣지 않는다는 것이 문제였다.

"에레나, 한 가지만 알려다오. 저기 보이는 요새를 어떻게 해야 함락할 수 있는지만 알려 줘라."

브레인은 에레나에게 애걸복걸을 하고 있었다.

사실 요새를 함락하려고 오기는 했지만 자신이 보기에도 어지간한 공격에는 끄덕도 하지 않을 것 같아서였다.

'음, 저기 보이는 요새는요. 그냥 알아서 하세요. 왜 나에게 그런 귀찮은 일만 시키고 그래요. 이상한 마스터야.'

에레나의 반응이었다.

브레인이 정말 머리에서 스팀이 올라오고 있었다.

"정말 그렇게 나올 거야?"

'제가 뭘요?'

"나를 따른다고 했잖아."

'항상 같이 있으면 되었지요. 뭘 더 바래요.'

에레나는 브레인의 말에 한마디도 지지 않고 대꾸를 하고 있었다.

아마도 이런 수하가 있다면 모두 골이 아파 드러누웠을 것이라는 생각이 드는 브레인이었다.

"알았다. 너에게 부탁을 하느니 내가 찾아보고 말지. 앞으로 나하고 대화를 할 생각하지 마라."

브레인은 더 이상 에레나를 부르지 않았다.

에레나와 브레인이 대화를 할 수 있는 시간은 하루에 두 시간 정도였는데 그동안 브레인이 전쟁을 하느라 에레나를 부르지 않아 심통이 나 있는 그였다.

그렇지만 막상 브레인이 진짜로 화가 났다는 것을 알자 조금은 미안한 생각이 들었는지 다시 말을 걸고 있었다.

'마스터 남자가 쪼잔하게 그런 것을 가지고 삐져요?'

브레인은 에레나의 말에 슬슬 열이 받는 것을 느꼈다.

에레나는 말을 하는 것이 전부 사람이 화가 나게 만드는 천부적인 재주를 가지고 있었다.

브레인은 에레나가 불러도 대답을 하지 않고 요새만 바라보았다.

"대공 전하, 바이탈 왕국에서 공격을 시작한 것 같습니다. 어떻게 하였으면 좋겠습니까?"

체리스 후작이 브레인에게 보고를 하였다.

"우리도 공격을 하시오. 그런데 전력을 다해 공격은 하지 말고 그냥 공격하는 것처럼만 보이면 되오."

"공격을 하는 시늉만 하라는 말씀이십니까?"

"아직은 우리의 병력이 피해를 입으면 곤란하니 그렇게 하시오."

"예, 대공 전하."

체리스 후작은 무슨 다른 뜻이 있다고 생각하고는 기사들과 병사들에게 공격을 하라는 지시를 내렸다.

"바이탈 왕국이 공격하니 우리도 공격을 해야 하지만 대공 전하께서는 공격하는 시늉만 내라고 하시니 모두 이 점을 기억하고 그렇게 따라 주시오."

"공격을 하는 시늉만 내라고요?"

"그렇소. 공격을 하는 척만 하면 되는 일이요."

"알겠습니다. 그렇게 하지요."

브레인의 지시에 기사들과 병사들은 힘차게 고함을 지르며 공격을 하는 것처럼 위장을 하기 시작했다.

"와아아아, 공격이다."

"적을 죽이자."

눈으로 보기에는 공격을 하는 것처럼 보이지만 실지로는 병사들의 피해가 없는 시늉만 하고 있었다.

성의 화살 공격에 사정권을 벗어나 있으니 병사들이 죽을 염려는 없었다.

성벽의 위에서는 헤이론 왕국군이 공격을 하려고 하자 바로 화살을 쏘라는 명령이 떨어졌다.

"적의 공격이 시작되었다. 모두 화살을 쏴라!"

슈슈슉.

성 위에서는 엄청난 양의 화살이 날아왔다.

헤이론 왕국군은 방패병이 선두에 서 있기도 했지만 아직 화살의 사정권에 들어가지를 않아 병사들도 그리 걱정을 하는 얼굴은 아니었다.

"적의 화살 공격이다. 방패병은 방패로 방어를 하라."

어두운 곳이라 그런지 말로만 해도 공격을 하는 것처럼 느껴지고 있었다.

"아아악!"

"크아악!"

일부 병사들은 지시를 받았는지 화살이 날아오자 비명을 지르고 있었다.

누가 들어도 리얼한 하나의 장면이 연출되고 있었다.

헤이론 왕국군이 이렇게 연극을 하고 있을 때 반대편의 바이탈 왕국군은 치열하게 공격을 하고 있었다.

"사다리를 밀어라."

"뜨거운 기름을 부어라."

"크아악!"

"아악 뜨거워!"

사방에서 비명이 넘쳐 나고 있었고 그래도 바이탈 왕국군은 끈질기게 공격을 하고 있었다.

성안에 얼마나 많은 병력이 있는지는 모르지만 같은 왕국군이 싸우고 있으니 병사들의 마음도 그리 편하지 않는 모양이었다.

"염병할 같은 왕국군끼리 이게 뭐하는 짓이야."

"그러게 말이야. 이거 죽이는 것도 마음이 편하지 않으니 지랄 같구나."

병사들의 불만이 점점 커지고 있었지만 공격을 막아야 하니 어쩔 수 없이 상대를 죽일 수밖에 없었다.

기사들도 병사들을 죽이면서 귀족들에게 불만이 쌓이고 있었다.

"이거 정말 이렇게까지 해야 하는 거야?"

"나도 모르겠네. 위에서 시키니 하고 있지만 진짜 할 짓이 아니라는 생각만 드네."

"이런 미친놈들 같은 왕국의 병사들을 죽이면서까지 얻으려는 것이 도대체 뭐야? 나는 도저히 못하겠네. 차라리 죽으면 죽었지 동료를 죽일 수는 없네."

한 기사는 성격이 다혈질인지 화를 그대로 내보이고 있었다.

"쉿! 조용하게. 화가 나겠지만 지금 우리가 어쩔 수 없는 일이 아닌가."

"그런데 국왕 폐하께서 레스트 공작 전하를 공격하는 이유가 무엇이라고 하던가?"

"나도 자세한 것은 모르지만 떠드는 소리로는 반란이라고 하네. 공작 전하께서 국왕 폐하의 명령을 거부하였다고 하는 말을 하면서 공격하고 있으니 말이야."

기사들은 반란이라는 말에 더 이상 말을 하지 못하고 있었다.

그리고 속으로는 자신들이 전쟁을 하는 이유가 겨우 반란군이 되기 위해 하고 있다는 자괴감이 들었다.

차라리 헤이론 왕국군과 전투를 하면 이런 기분이 들지는 않을 것인데 지금은 도저히 검을 들고 싸울 수가 없을 것 같았다.

"나는 더 이상 같은 왕국군과 싸우고 싶지가 않네."

한 기사는 그렇게 말을 하고는 검을 내려 버렸다.

기사들의 이런 반응은 병사들에게도 전해지고 있었다.

바이탈 왕국군이 공격을 하고 있는 곳에서는 방어를 하기는 하지만 적극적인 것이 아닌 소극적인 방어를 하고 있으니 방어가 이루어지지 않았다.

가장 이들이 방어를 하지 못하게 하는 이유는 바로 저 앞에서 떠드는 소리 때문이었다.

"항복을 하라. 항복을 하면 모두 용서를 해 주시겠다는 국왕 폐하의 명령이 있었다. 항복하라."

왕국의 귀족은 계속해서 항복하라는 말을 하고 있었다.

이 말은 심리적으로 기사와 병사들에게 많은 부담을 주고 있었다.

다행이라면 레스트 공작은 헤이론 왕국군이 공격을 하는 곳에 있다는 것이었다.

결국 바이탈 왕국군은 성벽을 점령하게 되었다.

"우리는 항복하겠습니다."

챙그렁.

한 기사가 항복을 하자 병사들도 따라서 항복을 하기 위해 손에 들고 있는 무기를 버렸다.

챙그렁.

기사와 병사들이 무기를 버리자 성벽 위에 오르는 병사들은 빠르게 성벽 위를 점령하였다.

"어서 성문을 열어라."

한 병사가 외치자 다른 병사가 빠르게 밑으로 내려가서 성문을 열기 시작했다.

기기긱!

웅장한 성문은 그렇게 열리고 있었다.

성문이 열리자 국왕군은 빠르게 안으로 진입을 하였고 재빠르게 항복한 기사와 병사들을 따로 구분을 하기 시작했다.

"항복한 기사와 병사들은 모두 한곳에 모아서 중앙군

일군단이 지키도록 하고 나머지는 모두 헤이론 왕국군이 공격하는 곳으로 이동을 한다. 오늘 안에 요새를 탈환해야 한다."

중앙군 사령관이 명령을 내리자 병사들은 일사불란하게 움직이기 시작했다.

기사들도 항복한 병사들을 한곳에 모으기 시작했다.

바이탈 국왕군이 움직이고 있을 때 브레인에게 바이탈 국왕군이 성문을 접수하였다는 보고가 들어오고 있었다.

"대공 전하, 바이탈 국왕군이 성문을 점령하였다고 합니다."

"그러면 우리도 그냥 있을 수는 없지. 이제 본격적으로 공격을 하라고 지시를 하게. 저들은 분명히 우리 왕국군이 공격하는 곳으로 지원을 오게 될 것이네."

"예, 바로 공격 명령을 내리겠습니다."

"지휘관들에게 너무 과격하게 공격을 하여 병사들의 피해가 늘어나지 않도록 조절을 하면서 하라고 하게."

"예, 대공 전하."

이번 전쟁에 브레인의 참모로 정해진 티몬스 자작은 브레인의 명령에 빠르게 나갔다.

브레인은 이번 공격에 바이탈 국왕군이 성을 점령할 수 있을 것이라는 생각을 하고는 일부러 공격을 하는 척만 하고 있었던 것이다.

같은 왕국인끼리 전투를 한다는 것은 아무리 생각해도 국왕이 유리하다고 판단을 해서였다.

물론 브레인의 판단이 틀릴 수도 있었지만 그때는 진심으로 공격을 하면 되기 때문에 그리 걱정을 하지 않았다.

공격을 하는 시점을 야간으로 정한 것도 바로 그 이유 때문이었다.

헤이론 왕국군에 지급으로 명령이 떨어지고 있었다.

"대공 전하의 공격 명령이 떨어졌습니다. 지금 군단을 나누어 총공격을 하라고 하십니다."

"알겠네. 이제 공격이 시작이군."

체리스 후작은 공격 명령이 떨어지자 이제 기운이 나는 얼굴을 하였다.

천생 군인인 체리스 후작으로서는 이렇게 연극을 하는 것은 체질이 맞지 않아서였다.

"총공격을 하라는 지시이니 어서 각 군단에 명령을 내리도록 하라."

"예, 후작 각하."

지휘관들은 공격 명령에 모두 힘차게 대답을 하고는 나가고 있었다.

헤이론 왕국군이 총공격을 시작하라는 지시에 빠르게 움직이기 시작했다.

"방패병은 선두에 서서 방패로 적의 화살을 막아라."

"예, 알겠습니다."

"방패병의 뒤로 병력을 이동시켜라."

"예."

헤이론 왕국군의 본격적인 공격이 시작되자 전장은 급박하게 돌아가기 시작했다.

바이에로 요새의 위에 있는 레스트 공작은 헤이론 왕국군이 처음에는 소란스럽게 하면서도 공격은 없어서 이상하게 생각하고 있었는데, 이제 적의 공격이 시작되자 무언가 있다는 느낌이 들었다.

'이상하네, 왜 이제야 공격을 하려고 하는 것일까?'

요새의 단단함을 믿고 있는 레스트 공작은 헤이론 왕국이 공격을 해도 그리 걱정을 하지 않았다.

그만큼 요새는 방어를 하기 위해서는 최적의 장소였기 때문이다.

꽝! 꽝!

"공성무기의 공격이니 머리를 숙여라."

"발리스타로 적의 공성무기를 파괴해라."

"예, 기사님."

병사들은 준비된 공성무기 파괴용인 발리스타를 조준하였다.

병사들이 발리스타를 조준하자 기사는 빠르게 명령을 내렸다.

"발사하라."

"쏴라!"

슈슈슈슉.

헤이론 왕국은 공성무기를 이용하여 공격을 시작했고 바이에로 요새에서는 발리스타를 이용하여 공성무기를 파괴하려고 하였다.

꽝!

와르르.

일부 공성무기는 발리스타의 공격에 무너지기도 했지만 아직은 공격을 하는 것에는 문제가 없었다.

"적의 발리스타가 있는 곳으로 공격을 하라."

"예, 기사님."

헤이론 왕국의 공성무기 부대도 적의 발리스타로부터 공격을 받아 일부 무기가 파괴를 당하자 그대로 발리스타가 있는 곳으로 공격을 하기 시작했다.

꽝! 꽝!

거대한 돌들이 하늘을 날아 공격을 하는 모습은 한폭의 그림과도 같았지만 요새에 있는 병사들에게는 지옥과 같은 기분을 느끼게 해 주고 있었다.

"피해라."

용케도 한 개의 돌이 발리스타가 있는 곳에 정통으로 맞추었다.

꽝! 우지직!

"으아악!"

"아악!"

발리스타는 한 방에 완전히 부서지고 말았다.

"서둘러 부상자를 대피시켜라."

"예."

병사들은 발리스타 조장의 말에 빠르게 움직였다.

발리스타는 조준하는 병사와 함께 박살이 났지만 다행히도 병사는 죽지는 않고 부상만 입었다.

다른 발리스타는 아직도 빠르게 적의 공성무기를 향해 공격을 하고 있었다.

슈슈슈슉.

꽈꽝!

"아악!"

"크아악!"

헤이론 왕국의 공성무기도 계속 피해를 입고 있었지만 최대한 적을 공격하고 있었다.

발리스타의 공격에 부상자가 속출하였지만 지금은 공격을 멈출 수가 없는 상황이었다.

"공격하라!"

방패병이 전방에 서서 진군을 시작하자 뒤에 병사들이 빠르게 달라붙었다.

헤이론 왕국의 병력이 공격을 시작하자 레스트 공작은
빠르게 명령을 내렸다.

"적이 온다. 화살을 쏴라!"

"화살을 쏴라!"

슈슈슈슈.

팅팅팅.

"크아악!"

"아악!"

방패병이 화살 공격에 방패로 막고 있었지만 일부 화살
은 그런 방패를 피해 병사들을 공격하여 부상을 입히고
있었다.

병사들은 부상을 입은 동료는 빠르게 뒤로 물리며 진군
을 하였다.

"으윽! 고마워."

"지금은 바쁘니 나중에 술이나 한잔 사라."

"알았다. 다리에 부상을 입어 공격도 못하게 되어 미안
하다."

병사들은 전투 중에도 서로 간의 생명을 지켜 주고 있
었다.

헤이론 왕국군의 이런 점은 모두 브레인이 그동안 동료
를 믿으라고 하면서 교육시킨 덕분이었다.

공격은 점점 치열해졌고 방어를 하는 요새도 죽을 맛이

었다.

"사다리를 걸쳐라!"

"영차! 영차!"

사다리를 들고 오는 병사들은 함께 힘을 모아 성벽에 걸치기 시작했고, 성벽에 있는 병사들은 사다리가 걸쳐지지 않도록 방어를 하였다.

"적의 사다리가 걸쳐지지 않게 모두 걷어 내라."

요새의 위에서는 사다리를 치우는 전문조가 따로 있는지 긴 장대를 이용하여 사다리를 치우고 있었다.

헤이론 왕국도 최선을 다해 사다리를 걸치려고 하였고 일부 사다리는 병사들의 노력으로 요새의 위에 걸쳐졌다.

"사다리가 걸쳐졌다. 올라가라."

"올라가자."

사다리를 타고 올라가는 병사들은 방패를 들고 위를 향해 올라가기 시작했다.

그러나 요새의 위에서도 그런 병사들을 그대로 두지는 않았다.

"적이 사다리를 타고 올라오니 돌을 던져라."

"돌을 던져라."

요새의 위에는 사다리를 타고 올라올 것을 예상하고 이미 많은 돌을 준비하고 있었는지 돌을 던지라는 명령에 바로 사다리를 이용하여 오르는 병사들을 향해 돌을 던지기 시작했다.

우르르.

돌은 개인이 던지는 것이 아니라 마치 준비를 해 둔 것이 있었는지 여러 병사들이 포대를 이용하여 들이붓고 있었다.

"아악! 내 얼굴!"

"아아악!"

쿵!

꽝!

병사들은 사다리에서 떨어지고 있었는데 돌에 다쳐서인지 부상이 심해 보였다.

브레인은 공격을 시작하자 기사단을 준비하라는 지시를 내려 놓았다.

성문이 열리기를 기다리고 있는 것 같았다.

바이탈 국왕군이 이미 성안으로 진입을 하였으니 이제 자신들을 지원해 줄 시간이 되었다고 보고 있었다.

"음, 이제 도착할 시간이 되었는데 말이야."

브레인의 말에 엔더슨은 무엇을 기다리고 있는지를 알았다.

"대공 전하, 바이탈 국왕군을 기다리고 계시는 것입니까?"

"그래, 저들이 우리를 지원하기로 했으니 이제 도착할

때가 되었을 거야."

"그래서 기사단을 준비하게 하신 것입니까?"

"그렇지 성문이 열리게 되면 바로 공격을 할 수 있게 하려고 하는 거야."

브레인은 기사단의 실력을 믿고 있었다.

이제 무적의 기사단이라는 이름은 대륙에 널리 알려지게 될 것이니 이번 전투를 최대한 기사단을 이용하여 이름을 알리려고 하고 있었다.

헤이론 왕국에도 이런 기사단이 있다는 것이 알려지면 다른 왕국에서 전쟁을 하려고 하지는 않을 것이기 때문이었다.

한참 공격을 하고 있던 헤이론 왕국군에게 지원군이 마침내 도착을 하고 있었다.

성안에서는 지금 레스트 공작군을 향해 엄청난 군세가 몰려들고 있었다.

"우리는 국왕 폐하의 군대이다. 너희는 모두 무기를 버려라."

"레스트 공작군은 모두 무기를 버리고 국왕 폐하의 명령을 따라라."

"너희는 지금 반란을 하고 있는 것이다. 국왕 폐하께서 항복을 하면 너희들의 죄를 용서해 주신다고 하였으니 무기를 버려라."

국왕군이 진입을 하면서 치는 고함 소리에 레스트 공작과 기사들 그리고 병사들은 황당한 기분이 들었다.

"무슨 소리야? 우리가 왜 반란군이 된 거야?"

"국왕 폐하의 명령을 따르라고 하는 것 같은데?"

병사들은 국왕군이 진입을 하면서 치는 고함 소리에 잠시 어찌해야 될지를 몰랐다.

병사들과 기사들이 허둥거리는 모습에 레스트 공작은 국왕군에게 당했다는 생각이 들었다.

"아차, 이들이 국왕의 명령을 받고 있다는 생각을 하지 못했구나."

왕국의 국왕이 직접 명령을 내리면서 반란군으로 지명을 하였으니 병사들과 기사들이 당황하게 될 것을 생각지 못한 레스트 공작은 자신의 생각이 짧았다는 것을 알게 되었다.

"하하하, 멋지게 당했구나."

레스트 공작은 헤이론 왕국군의 공격을 막고 있는 기사와 병사들을 보며 이제 자신도 끝을 보아야겠다는 생각을 하고 있었다.

레이몬드 백작이 제국의 미첼 공작가에 가서 도움을 청하고 있다는 사실을 알고 있지만 시간이 자신을 따르지 않는다는 생각이 들었다.

"시간이 부족하구나. 나에게 시간만 있었다면 이대로

당하지는 않았을 것인데 말이다."

레스트 공작은 자신에게 운이 없다고 생각하였는지 국왕군이 성문을 향해 다가가는 것을 보고도 다른 지시를 내릴 수가 없었다.

어차피 모두 죽을 수는 없는 일이었기에 기사들과 병사들만이라도 살려야겠다는 생각을 한 레스트 공작은 바로 기사들에게 명령을 내렸다.

"모두 검을 버려라. 국왕군과 전투를 할 수는 없다."

기사들은 공작의 명령에 빠르게 검을 버리기 시작했다.

이들도 국왕군과 전투를 하고는 싶지 않았다.

기사들과 병사들이 무기를 버리자 국왕군은 빠르게 성문을 열기 시작했다.

성문이 열리는 것을 보고 있던 브레인은 기사단에게 바로 명령을 내렸다.

"기사단은 돌격하라."

"돌격하라."

두두두.

기사단과 브레인이 성문을 향해 돌격을 하기 시작하였다.

브레인이 성문의 입구에 도착을 하자 국왕군의 기사가 크게 외치고 있었다.

"전투는 끝났습니다. 더 이상 공격을 하지 마십시오."

국왕국의 외침에 브레인은 입가에 미소를 지었다.

자신도 전투가 끝나기를 기다렸는데 이렇게 국왕군이 있으니 편하게 마칠 수가 있어 다행이라는 생각이 들어서였다.

"전투는 끝이 났다. 기사들과 병사들은 공격을 멈추어라."

브레인의 목소리에는 마나를 실어 고함을 치니 전장에 투입되어 있던 헤이론 왕국의 모든 병사들이 들을 수가 있었다.

병사들은 브레인의 명령에 주변의 동료들에게 빠르게 말을 전하였고 성벽을 공격하던 무리들도 공격을 멈추고 있었다.

브레인은 공격을 멈추고 국왕국의 기사에게 레스트 공작에 대한 것을 물었다.

"레스트 공작은 어디에 있소?"

"브레인 대공 전하이십니까?"

"그렇소, 내가 브레인이오. 레스트 공작은 어디에 있소?"

브레인과 국왕군이 약속을 한 것 중에 하나가 바로 레스트 공작에 대한 문제였다.

레스트 공작은 반드시 헤이론 왕국에 넘겨주기로 약속을 하였기 때문에 브레인이 이렇게 레스트 공작에 대해 묻고 있었다.

"대공 전하, 이쪽으로 오시지요. 제가 안내를 해 드리 겠습니다."

기사는 이미 지시를 받았는지 브레인을 안내하고 있었 다.

브레인은 기사가 레스트 공작에 대해서는 말을 하지 않 고 안내를 하자 조금 이상함을 느꼈다.

'도대체 무슨 일이지?'

의문스러운 눈빛을 하고는 기사를 따라가고 있는 브레 인이었다.

물론 브레인이 따라가니 무적의 기사단이 호위를 하는 것은 당연한 일이었고 말이다.

한 개의 기사단이지만 국왕군도 무시를 하지 못하는 대 단한 기사단이기에 브레인의 호위에는 문제가 없을 정도 였다.

브레인이 기사를 따라 이동을 한 곳은 작은 천막이 설 치되어 있는 곳이었다.

"여기입니다. 안으로 들어가시면 아시게 될 것입니다. 대공 전하."

기사는 브레인에게 안으로 들어가라고 하고 있었다.

브레인은 기사의 말에 안으로 들어갔다.

안에는 국왕군의 사령관인 메리트 후작이 브레인을 보

사 정중하게 인사를 하였다.

"어서 오십시오. 브레인 대공 전하."

"반갑소. 그런데 나를 여기로 안내한 이유가 무엇이오?"

브레인은 이미 전쟁에 대한 부분은 서로가 상의를 하였기 때문에 걱정을 하지 않았는데 이렇게 은밀히 자신을 부르게 한 이유가 궁금해졌다.

"다름이 아니라 레스트 공작의 문제 때문에 이리로 모시게 되었습니다."

"레스트 공작의 문제라고요?"

브레인은 레스트 공작의 문제라고 하니 조금은 이상한 느낌이 들어서 물었다.

"예, 그자가 스스로 자살을 하였습니다. 대공 전하."

메리트 후작은 레스트 공작이 자살을 하는 바람에 브레인을 찾게 되었다.

원래 전쟁이 끝나면 레스트 공작에 대한 문제는 모두 헤이론 왕국에 일임을 하기로 약속을 하였기 때문이다.

전쟁에 대한 배상금을 주기로 하였지만 가장 큰 문제가 바로 레스트 공작에 대한 문제였는데, 이 부분을 헤이론 왕국이 처리를 해 주기로 하였던 것이라 바이탈 국왕도 찬성을 하여 헤이론 왕국이 레스트 공작의 신병을 인도하기로 하였다. 그런데 자살을 하였다고 하니 브레인은 어이가 없는 표정을 짓고 있었다.

"아니, 레스트 공작이 왜 자살을 하였소?"

"저희도 그 이유에 대해서는 모릅니다. 다만 더 이상 전투를 할 수 없다고 생각을 하였는지 우리가 공격을 하려고 하자 바로 무기를 버리라는 명령을 내리고는 조용히 자신의 거처로 가서 자살을 한 것으로 보입니다. 전쟁에 패배를 하고도 살아남을 수가 없다는 것을 본인도 알고 그런 것 같습니다."

메리트 후작의 말을 들으니 충분히 이해는 갔다.

레스트 공작의 입장에서는 왕국에서도 버림을 받았으니 어디 갈 곳이 없었을 것이기에 그런 결정을 내릴 수밖에 없었을 것이다.

하지만 무언가 이상한 느낌이 드는 브레인이었다.

"시체는 누가 수습하였소?"

"기사들이 자살을 한 모습을 발견하고는 연락이 왔습니다. 그래서 시체는 저기 모셔 놓았습니다."

메리트 후작은 뒤에 있는 관을 보여 주며 확인을 하라고 하는 것 같았다.

브레인은 죽은 시체를 확인하기 위해 다가갔다.

이미 죽은 시체를 왕국으로 가지고 갈 수는 없지만 그래도 자신의 눈으로 직접 확인을 하기 위해서였다.

관의 뚜껑은 열려 있었기 때문에 브레인이 다가가자 안

에 죽어 있는 레스트 공작을 눈으로 확인을 할 수가 있었다.

"전쟁에 패배를 하였다고 이렇게 누워 있는 그대를 보니 전쟁이 얼마나 허무한지를 알게 하는구료. 부디 죽어서는 욕심을 내지 말고 좋은 곳으로 가서 행복하게 사시기를 바라겠소."

브레인은 죽은 레스트 공작을 보며 마지막 인사를 해 주었다.

이번 전쟁은 레스트 공작 한 사람 때문에 벌어진 일이라 주범이 죽었으니 더 이상 이 전쟁을 주도한 주범이 없어서였다.

아직 레이몬드 백작이 남아 있기는 하지만 그는 혼자라 이제는 더 이상 왕국에도 힘을 쓰지 못하는 신세가 되었기에 그리 신경을 쓰지 않고 있었다.

"그러면 이제 전쟁에 대한 보상 문제가 남았군요."

"국왕 폐하께서 지시를 하셨으니 약속을 어기는 일은 없을 것입니다. 대공 전하."

"알겠소. 그러면 정식으로 왕국으로 사신을 보내는 것으로 하고 우리는 군을 물리도록 하겠소."

브레인은 바이탈 국왕과 처음부터 요새 안에 군대를 주둔하지 않기로 사전에 약속을 하였기 때문에 지금도 헤이론 왕국군이 요새의 밖에 주둔하고 있었다.

성안에는 자신과 기사단만 들어와 있는 상태였으니 말이다.

물론 브레인을 헤치려고 마음을 먹으면 그에 대한 대가를 지불 해야겠지만 말이다.

바이탈 국왕군도 무적의 기사단이 얼마나 강한지를 이미 들어서 알고 있었기에 브레인과 무적의 기사단에게 다른 마음을 먹지 못하고 있었다.

브레인은 기사단과 함께 요새를 나가고 있었다.

헤이론 왕국군은 브레인이 아직 설명을 해 주지 않아 전쟁을 멈추고는 있지만 조금은 어리벙벙한 얼굴을 하고 있었다.

브레인은 체리스 후작을 보자 제일 먼저 병사들의 피해 상황을 체크했다.

"체리스 후작, 우리 병사들의 피해는 얼마나 되오?"

"병사들의 피해는 그리 심하지 않습니다. 대공 전하."

"그래도 이번 공격에 죽은 병사들을 모두 가족들의 품으로 보내야 하지 않겠소. 그러니 죽은 병사의 시체도 철저히 관리를 하라고 지시를 하시오."

"알겠습니다. 대공 전하."

체리스 후작이 병사들을 가장 잘 챙기는 사람이라 브레인이 부탁을 하고 있었다.

"그리고 우리 군은 이제 그만 돌아가게 되니 모두 후퇴를 하라고 하시오. 더 이상 전투는 없으니 말이오."

"이제 전쟁은 끝난 것입니까? 대공 전하."

"그렇소. 이제 전쟁은 없을 것이오. 아직 카이라 제국
이 어찌 나올지는 모르지만 내 생각에는 그들도 더 이상
관여를 할 수는 없을 것이라 생각하오."

"그럼, 바로 전군을 물리도록 하겠습니다. 대공 전하."

체리스 후작은 전쟁이 끝났다는 말이 가장 듣고 싶었던
이야기였기에 바로 군을 물리겠다고 하고 있었다.

실지로 체리스 후작만 그런 것이 아니고 기사들과 병사
들도 마찬가지의 입장이었다.

전쟁을 하고 싶은 사람은 없었으니 말이다.

브레인은 모든 군대를 후퇴하라는 지시를 하고는 병사
들이 준비를 하는 동안 조용히 사색에 잠겨 들었다.

자신에게는 가장 강력한 힘을 가지고 있는 에레나라는
종이 있었지만 아직 자신이 에레나를 다루지를 못하고 있
으니 앞으로는 에레나를 어찌 다루어야 할지를 고민해야
겠다고 생각하고 있는 중이었다.

'도대체 에레나를 어떻게 해야 할지가 걱정이구나. 얼
마나 강한 힘을 가지고 있는지도 모르는 그런 수하를 내
가 데리고 있어야 하는 걸까?'

브레인은 에레나의 힘이 두렵다는 생각이 들었다.

이번 전쟁에도 에레나의 힘을 사용해 보려고 하였지만

결국 포기를 하고 말았다.

아직은 자신의 힘으로 전쟁을 마칠 수가 있다고 생각이 들어서였다.

하지만 에레나의 힘을 이용하였다면 아마도 전쟁은 금방 끝이 날 수도 있겠다는 생각이 들기도 했다.

자신의 힘이 부족하여 에레나의 모든 힘을 사용하지 못하고 있는 것만 보아도 에레나가 얼마나 강한지를 보여주고 있으니 말이다.

"전쟁은 이제 끝났다. 모두 왕국으로 돌아갈 준비를 하라."

체리스 후작의 외침에 병사들과 기사들은 모두가 기쁨의 함성을 질렀다.

"와아아, 전쟁이 끝났다."

"그런데 누가 이긴 거야?"

"모르지 아무튼 전쟁이 끝났다고 하니 이제 편안하게 잠을 잘 수가 있게 되었어."

병사들은 전쟁이 승자에 대해서는 신경도 쓰지 않는 모습이었다.

전쟁을 마치고 이제 집으로 갈 수가 있다는 것이 이들에게는 가장 고마운 일이기 때문이었다.

왕국으로 돌아가면 가족들이 자신을 기다리고 있다는 생각에 다른 것은 머릿속에 남아 있지를 않았다.

브레인은 그런 병사들을 보니 전쟁을 이렇게라도 마치기를 잘했다는 생각이 들었다.

'전쟁을 마무리하기를 잘했군, 저렇게 좋아 하니 말이야.'

전쟁이 끝났으니 이제 수도로 가서 전공에 대한 문제가 남았지만 이는 그리 걱정이 없었다.

공을 세웠으면 그만한 보상을 줄 것이기 때문이다.

남은 것은 국왕이 알아서 처리를 하면 되니 브레인은 신경을 쓰지 않아도 되는 문제였다.

모든 병사들이 준비를 마치자 브레인은 크게 소리를 질렀다.

"이번 전쟁은 우리 왕국의 승리이다. 마지막으로 힘차게 함성을 지르고 돌아간다."

브레인의 말에 병사들과 기사들은 힘차게 함성을 지르기 시작했다.

"우아아아아!"

"으아아아!"

기사와 병사들이 지르는 함성 소리에 요새가 흔들릴 정도였다.

브레인은 힘차게 함성을 지르는 모습을 보며 이 정도면 모두가 가슴에 담아 두었던 전쟁에 대한 걱정이 사라졌을 것이라는 생각을 하였다.

"전군 귀환한다."

"모두 왕국으로 돌아간다."

기사들과 병사들은 힘차게 발걸음을 옮기기 시작했다.

바이에로 요새의 위에 있던 국왕군은 그런 헤이론 왕국군이 가는 것을 지켜보고 있었다.

이들에게는 전쟁에 패배를 하였다는 생각보다는 더 이상 전쟁을 하지 않아도 된다는 안도감이 먼저였다.

레스트 공작이 죽으면서 전쟁은 너무도 허무하게 끝이 나고 말았다.

브레인과 바이탈 국왕이 약속을 한 부분만 지켜지면 문제가 없을 정도로 말이다.

10.
영웅의 귀환

헤이론 왕국의 수도에는 지금 엄청난 시민들이 나와 있었다.

　이번 전쟁을 승리로 이끌고 돌아오는 브레인과 병사들을 환영하기 위해서였다.

　국왕과 귀족들도 왕성에 있지 않고 나와 있을 정도였으니 이번 승리에 대해 얼마나 신경을 쓰고 있는지를 알 수가 있었다.

　수도의 정문을 향해 오고 있는 엄청난 수의 군대가 눈에 보이기 시작하자 성문 위에 있는 병사가 고함을 쳤다.

　"저기 군대가 오고 있다."

병사의 말대로 브레인과 군대가 서서히 수도를 향해 다가오고 있었다.

국왕과 귀족들은 브레인 온다는 말에 얼굴에 미소가 그려지고 있었다.

헤이론 왕국의 영웅인 브레인을 기다리는 이들의 심정은 달려가서 키스라도 해 주고 싶었지만 많은 이들이 보고 있어 체면 때문에 그러지는 못하고 있었다.

브레인과 일행은 가장 선두에 서서 당당하게 수도의 정문을 향해 가고 있었다.

브레인이 말을 타고 있는 모습도 이들에게는 멋지게 보이는 것은 자신들의 영웅이었기 때문이었다.

브레인과 병사들이 수도에 도착을 하자 시민들이 가장 먼저 환호성을 질렀다.

"와아아아, 왕국의 영웅이 오셨다."

"헤이론 왕국 만세."

"국왕 폐하 만세."

"브레인 대공 전하 만세."

"헤이론 왕국군 만세."

시민들의 열화와도 같은 환영 속에 브레인과 승리를 한 군대는 손을 흔들어 주고 있었다.

이 많은 병력들이 수도로 입성을 하지는 못하니 일단 수도의 입구에서 국왕의 연설을 들어야 했다.

브레인은 국왕이 이미 나와 있는 것을 보고는 전군에 명령을 내렸다.

"전군 제자리에."

착착.

병사들은 브레인의 명령에 발소리를 맞추며 멈추어 섰다.

"국왕 폐하, 전쟁에 승리를 하고 돌아왔습니다."

브레인의 정중한 인사에 국왕이 나서며 인사를 받아 주었다.

"브레인 대공 정말 수고하였소. 그대가 있어 이번 전쟁에 승리를 하게 되었으니 이 공을 어찌 말로 다 하겠소. 정말 수고하였소."

"아닙니다. 폐하, 병사들과 기사들이 용감히 싸워 주어 이렇게 승리를 할 수가 있었습니다."

브레인은 자신의 공이 가장 크다는 것을 알지만 국왕의 앞이라 살짝 병사들과 기사들의 공이라며 겸손하게 대답을 해 주었다.

그 말 중에는 기사와 병사들의 공도 작지 않다는 뜻도 있었고 말이다.

국왕은 브레인의 말에 자랑스러운 군대를 보며 크게 칭찬을 해 주었다.

"나의 자랑스러운 병사들이여, 그대들이 이루고 온 공

은 그 무엇과도 비교를 할 수 없는 커다란 승리였다. 헤이론 왕국이 생기고 가장 큰 공을 세운 그대들을 이렇게 맞이하고 있는 나는 정말 그대들을 자랑스럽게 생각하고 있다는 것을 기억해 주기 바란다. 모두 수고하였다."

국왕의 짧은 연설에 병사들과 기사들은 감동을 하였다.

길지 않는 말이었지만 그 안에 자신들에 대한 마음이 담겨 있어서였다.

"와아아아, 국왕 폐하 만세."

"헤이론 왕국 만세."

병사들과 기사들은 모든 것을 잊고 함성을 질렀다.

이 시간만큼은 전쟁에 대한 기억도 잊고 함성을 지르고 싶어서였다.

수도의 앞에서는 엄청난 함성에 성문이 다 흔들릴 정도였다.

"기사들과 병사들에게 준비한 음식을 나누어 주라."

"예, 폐하."

국왕이 준비를 한 음식들을 기사와 병사들에게 주기 위해 왕궁의 주방을 관리하는 모든 사람이 자리에 나와 있었다.

그리고 일부 수도에 식당을 하는 평민들도 함께 동참을 하고 있었다.

오늘 음식을 주는 것은 왕국민이라면 누구나 참여를 하

라는 국왕의 명령이 있었기 때문이다.

기사들과 병사들에게는 음식을 나누어 주는 것을 보고 있던 브레인을 향해 국왕이 먼저 말을 걸었다.

"브레인 대공, 이제 궁으로 들어갑시다. 안에서 이번 전쟁에 대한 이야기를 하고 싶소."

"알겠습니다. 국왕 폐하."

브레인과 귀족들은 국왕을 따라 궁으로 가게 되었다.

국왕을 따라온 귀족들도 브레인에게 인사를 하고 싶었지만 지금은 기회가 아니기에 잠시 참고 있는 중이었다.

어차피 안에 들어가면 인사를 할 시간은 충분하였기 때문이었다.

브레인과 전쟁에 승리를 한 귀족들이 궁으로 입성을 하여 커다란 연회장에 도착을 하게 되었다.

본격적인 연회는 나중에 하겠지만 지금은 고생한 사람들이 우선 먹을 수 있게 약간의 음식을 준비하였던 것이다.

"대공, 우선 시장할 것이니 식사를 하면서 이야기를 나누도록 합시다."

시간이 식사를 할 시간이라 하는 이야기였다.

오랜 시간을 말을 타고 이동을 하였으니 배가 고플 것이라고 생각하여 준비를 한 음식들이었다.

"감사합니다. 국왕 폐하."

브레인이 국왕과 대화를 하고 있는 동안 다른 귀족들은 이번 전쟁에 승리를 하고 돌아온 귀족들과 대화를 나누고 있었다.

"체리스 후작, 정말 축하드리오."

"하하하, 고맙소. 바이칼 후작."

"전쟁에 승리를 하였으니 이제 후작의 가문도 왕국의 새로운 영웅이 되실 것이오."

"나를 너무 추켜세우는 것이 아닌지 모르겠소. 이번 전쟁에 가장 큰 공을 세우신 분은 저기 계시는 브레인 대공 전하이시지요."

체리스 후작은 말을 하면서도 존경스러운 눈빛을 하며 브레인을 바라보았다.

다른 귀족들도 그런 체리스 후작의 반응에 존경스러운 눈빛을 하며 브레인을 보게 되었다.

그동안 전쟁에 대한 보고를 받아 브레인이 얼마나 많은 공을 세웠는지를 이들도 알고 있어서였다.

"브레인 대공 전하께서 그렇게 전략을 잘 짜신다면서요?"

"나도 대공 전하께서 말씀하시는 작전을 들으면서 알게 되었지만 정말 타고난 전략가라고 생각하고 있다오."

체리스 후작은 전쟁을 하면서 자신이 느낀 것을 귀족들

에게 떠들고 있었다.

체리스 후작의 말을 듣고 있는 귀족들은 모두가 놀란 얼굴을 하면서 다음 이야기를 듣기 위해 귀를 세우게 되었다.

대화를 아주 재미있게 하는 체리스 후작이라 듣고 있는 사람이 직접 전쟁을 참가를 하고 있는 것처럼 느껴지게 하여서였다.

재미난 이야기를 하고 있는 체리스 후작의 옆에는 많은 귀족들이 몰려 있었다.

승리를 한 다른 귀족들도 체리스 후작의 말을 들을 정도였으니 말이다.

"전쟁에 승리를 하였지만 아직은 카이라 제국이 있으니 문제가 되지 않겠소?"

"당분간은 제국도 개입을 하기는 쉽지 않을 것입니다. 제국이 개입할 것을 염려하여 레스트 공작을 죽이려고 한 것이니 말입니다. 그리고 바이탈 왕국의 국왕이 직접 배상금에 대한 이야기를 하였으니 형식상 사신을 보내시기만 하면 됩니다. 국왕 폐하."

"사신은 당연히 보내야겠지만 바이탈이 과연 약속을 이행할지는 모르겠소."

이번 전쟁의 진정한 주범인 레스트 공작이 죽었으니 바이탈 왕국의 입장에서도 배상금을 주는 것이 쉽지가 않게 되었기 때문에 하는 말이었다.

"제가 바이탈 왕국의 사령관을 만나 이야기를 하였는데, 그의 말이 국왕이 약속을 지킨다고 하였으니 사신을 보내시면 마무리가 될 것으로 보입니다."

"그렇다면 바로 사신을 보내기만 하면 되니 걱정이 없겠소. 허허허."

국왕은 브레인이 이미 모든 조치를 하고 돌아왔다는 것에 만족한 웃음을 지었다.

브레인은 국왕이 웃는 모습에 이제 안심이 되는 기분이었다.

전쟁은 자신이 해 보니 그리 좋은 일이 아니라는 생각이 들어서였다.

그리고 이제는 자신은 새로운 영지를 받아 영지에서 평화롭게 살고 싶기도 했고 말이다.

가장 골치 아픈 에레나의 문제도 이번에 확실히 정리를 하려고 하고 있었다.

이거는 누가 주인인지를 알 수가 없는 존재였다.

종이라고 말을 하지만 자신의 말은 듣지를 않는 그런 종이 세상에 어디에 있단 말인가.

그래서 브레인도 이번에 에레나를 확실하게 정리를 하는 것이 가장 큰 목적이기도 했다.

흑마법사가 만들었으니 흑마법도 사용할 수 있을 것이

라 생각이 되지만 도대체가 이놈의 좋은 자신의 능력이 무엇인지를 알려 주지를 않으니 브레인으로서는 알 수가 없었다.

"대공… 브레인 대공?"

브레인은 잠시 에레나를 생각하다가 국왕이 부르는 소리를 듣지 못했다.

자신의 실수를 알고는 황급히 국왕에게 사과를 하는 브레인이었다.

"죄송합니다. 전쟁에 대한 생각이 깊어 말을 듣지 못했습니다. 국왕 폐하."

국왕도 브레인이 아주 미묘한 표정을 지으며 무언가 생각에 잠겨 있다는 것을 알고 있어서 사과를 하는 브레인을 보고 그냥 미소를 지으며 대답을 하였다.

"허허허, 괜찮소. 이제 전쟁을 마치고 왔으니 아직은 전쟁에 대한 후유증이 있어서 그럴 것이오. 나는 이해를 하오. 브레인 대공."

국왕은 브레인의 입지를 생각하고는 충분히 이해를 하고 있었다.

앞으로 헤이론 왕국에서 브레인의 세력은 가장 크게 될 것이니 이참에 좋은 관계를 만드는 것도 나쁘지는 않아서였다.

국왕은 자신의 딸이라도 있으면 왕실과 끈을 이어 놓고

싶었지만 아쉽게도 국왕에게는 공주가 없었다.

"감사합니다. 국왕 폐하."

"브레인 대공도 이제 가정을 가져야 하지 않소?"

국왕은 공주는 없지만 브레인을 좋은 곳에 중매를 해 주고 싶었다.

"예, 이제 가정을 이루기는 해야겠지요. 아직은 준비를 하는 과정이라 조금만 더 시간을 가지려고 합니다. 국왕 폐하."

브레인은 국왕이 하는 말을 듣고 자신에게 신부를 소개해 주려는 것을 알았지만 조심스럽게 거절을 하고 있었다.

아직은 자신이 좋아하는 사람이 없었고 신부는 직접 자신이 만나서 연애로 사귀고 싶어서였다.

연애를 하지는 못했지만 그래도 아버지도 연애를 하여 결혼을 하였기에 자신도 그렇게 연애결혼을 하려고 하는 마음에서였다.

브레인의 말을 들은 국왕은 아직 결혼을 할 생각이 없다는 것을 알고는 결혼에 대한 이야기는 그냥 묻어 두기로 했다.

"알겠소. 우리 왕국의 영웅이신 대공과 결혼을 할 여성이 누구인지는 모르지만 매우 행복한 사람일 것이오."

국왕은 브레인이 결혼을 할 여성은 축복을 받은 결혼이자 행운을 가진 여자라고 생각하였다.

실지로 브레인과 결혼을 하게 되면 이는 왕국의 부인들 중에 가장 우위에 서게 되니 당연히 다른 귀족가의 부인들이 인사를 하러 가야 하는 입장이었다.

남편의 작위는 부인이 그대로 인정을 받기 때문이었다.

"그렇게 말씀을 해 주시니 감사합니다. 국왕 폐하."

"허허허, 대공은 정말 겸손하오. 다른 귀족들은 그런 모습을 보이지 않는데 말이오."

"아닙니다. 헤이론 왕국의 귀족이라면 당연히 자신을 숙일 줄은 알고 있다고 생각합니다. 국왕 폐하."

브레인의 말에 국왕은 정말 그렇게 되었으면 하는 생각을 하게 되었다.

"대공도 오늘 저녁에 파티가 있다는 것을 알고 있으니 지금은 이만 쉬도록 하시오. 대신에 저녁에는 그대와 이번 전쟁에 공을 세운 모든 귀족들에게 포상과 함께 작위가 주어질 것이니 반드시 참석을 해 주어야 하오."

국왕은 이번 전쟁에 승리를 하게 한 귀족들에게 포상을 하려고 하였다.

작위를 올려 주는 귀족도 있지만 포상을 받는 귀족도 있었다.

그리고 가장 신경이 쓰이는 브레인의 영지를 주어야 했기 때문에 브레인에게 참석을 하라고 하고 있었다.

브레인의 영지는 모든 귀족들이 보는 앞에서 말을 해야

했기 때문이다.

아레아 영지는 이미 몬스터들의 천국이라고 할 수 있는 그런 영지였기에, 왕국의 입장에서 대폭적인 지원을 약속하고 반드시 영지를 찾기 위해서였다.

브레인이라면 충분히 가능할 것이라는 생각에 이번에 아레아 영지를 모두 대공의 직할지로 삼으려고 하였다.

아레아 영지는 말이 영지지 예전에는 국왕의 직할지였고 그 크기가 지금의 왕국에 삼분의 일 정도가 되는 엄청난 크기였다.

공국을 세운다고 해도 될 정도의 크기였으니 말이다.

브레인은 국왕의 눈빛을 보고는 고개를 끄덕였다.

"알겠습니다. 저녁의 연회는 반드시 참석을 하겠습니다. 폐하."

"그대의 기사들도 참석을 하라고 하시오. 특히 마스터의 경지에 오른 기사들은 반드시 참석을 해야 하오. 그들에게 내가 직접 작위를 주려고 하니 말이오."

"예, 국왕 폐하."

브레인은 친구들이 작위를 받게 되어 기분이 좋았지만 조금은 걱정이 되기도 했다.

친구들이 작위를 받게 되면 가족들이 있기 때문에 나중에 자신의 신분에 문제가 생기지 않을까라는 걱정이 되어서였다.

브레인과 귀족들은 저녁에 있는 파티를 위해 모두 돌아가고 있었다.

브레인도 저택으로 돌아오면서 아버지인 제임스가 걱정이 되었다.

"엔더슨, 지금 용병길드로 가서 아버지가 어디 계신지를 알아봐 줘."

"알겠습니다. 대공 전하."

엔더슨은 브레인의 지시에 바로 대답을 하며 일행과 떨어졌다.

마법사이기 때문에 위험은 없을 것이라고 믿고 일을 시킬 수가 있었다.

그만큼 엔더슨의 마법이 늘었다는 증거였다.

이제는 엔더슨도 대마법사라는 호칭을 받을 수 있을 정도는 되어 가고 있었다.

아직 6서클 마스터이지만 조만간에 7서클에 오를 수가 있을 정도로 엔더슨의 마나는 충분했다.

엔더슨은 마법책을 보면서 고대 시절 마법사들이 마나를 모으은 방법을 알아냈고, 자신에게 가장 필요한 마나수련법이라는 알고는 꾸준히 마나를 수련해 왔다.

덕분에 6서클 마스터까지는 수월하게 올랐고, 7서클은 아직 정신적인 깨달음이 없어 오르지 못하고 있지만 조만간에 오를 수 있을 것이라고 믿고 있었다.

저택으로 돌아온 브레인은 가장 먼저 어머니를 만나기 위해 갔다.

"어머니는 안에 계시는가?"

"부인께서는 지금 식당에 계시옵니다. 대공 전하."

브레인은 어머니의 시녀에게 물었다가 갑자기 식당에 계신다는 대답에 의문스러운 눈빛을 하며 다시 물었다.

"아니, 식당에는 무슨 일로 가신 것이냐?"

브레인이 말에 시녀는 바로 꿇어앉으며 용서를 빌기 시작했다.

"용서해 주십시오. 저희들이 가시지 못하게 하였지만 대공 전하의 음식을 손수 준비하셔야 한다고 하시면서 가시는 바람에 말리지를 못했습니다. 대공 전하."

시녀는 얼굴이 파랗게 질리며 브레인에게 사실을 말하고 있었다.

일반 귀족도 아니고 대공의 어머니가 손수 음식을 장만하게 하였으니 이는 죄를 지어도 크게 지은 것이라고 생각하고 있는 시녀였기에 브레인에게 용서를 빌고 있었다.

브레인은 시녀의 얼굴이 파랗게 질려 있는 것을 보고는 조금은 안쓰러운 마음이 들었다.

"너는 그만 일어서도록 해라. 어머니에게는 내가 직접 갈 것이니 말이다. 그리고 어머니께서 하시고 싶은 것이 있다면 말리지 말고 그냥 편히 하실 수 있도록 해 드려라."

시녀는 놀란 얼굴이 되어 대답을 하는 것도 잊을 정도였다.

브레인은 어머니가 항상 손수 음식을 장만하여 자신에게 주었다는 것을 시녀에게 말을 할 수는 없었기에 시녀에게 그렇게 지시를 내렸다.

브레인은 시녀가 놀라는 얼굴을 하는 것을 보고는 속으로 웃음이 나왔지만 그냥 모르는 척하고는 식당으로 갔다.

브레인이 떠나고도 시녀는 멍하니 브레인이 있던 자리만 보고 있었다.

시녀의 별명은 그 후로 멍만 때린다고 해서 멍순이라고 불리게 되었지만 말이다.

식당의 입구에는 기사들이 지키고 있었다.

"대공 전하를 뵈옵니다."

기사들은 브레인을 보고는 바로 인사를 하고 있었지만 어딘가 어색한 모습이었다.

"안에 어머니께서 계신다고 들었는데 어디에 계시는가?"

"예, 저기 음식을 만드는 주방에 계십니다. 대공 전하."

기사들은 노라가 주방으로 가는 것을 적극적으로 말렸지만 노라가 화를 내는 바람에 어쩔 수 없이 그냥 지켜보고 있는 중이었다.

브레인은 그런 기사들의 입장을 충분히 이해하고 있었다.

"나는 안으로 들어갈 것이니 그대들은 더 이상 여기를 지킬 필요가 없으니 돌아가 있으라."

"예, 대공 전하."

기사들이 식당을 떠나자 브레인은 바로 안으로 들어갔다.

식당의 안에는 주방으로 들어가는 입구가 따로 마련되어 있었다.

브레인은 주방의 입구에 도착하여 안을 보니 어머니인 노라는 지금 무언가를 열심히 만들고 계시는 것을 보게 되었다.

지금 어머니가 만들고 있는 것은 브레인이 어렸을 적에 가장 좋아 하는 음식이었다.

"어머니, 저 왔습니다."

"잠시만 기다려라. 거의 끝이 났다."

노라는 잠시만 지나면 음식이 완성되니 기다리고 있으라고 했다.

"알겠습니다. 어머니."

브레인은 식당으로 가서 탁자에 앉아 기다리기로 했다.

브레인이 있는 식당은 기사들이 식사를 하는 곳으로 저택의 주인인 브레인이 식사를 하는 곳과는 다른 곳이었다.

노라는 저택의 주방에도 가 보았지만 거기는 자신이 사용하던 것과는 다른 것들이 많아 이곳으로 와서 음식을 만들고 있었다.

이곳은 예전에 자신이 사용하던 것과 비슷한 것들이 준비되어 있으니 요리를 하기가 편해서였다.

한참의 시간이 지나자 노라가 환한 미소를 머금고 나오고 있었다.

그런데 양손에는 무언가가 담긴 그릇을 들고 있었다.

노라는 탁자로 와서 자신의 손에 들고 있는 그릇을 놓았다.

탁!

"자, 그동안 고생했으니 내가 준비한 음식을 먹어야 한다."

노라는 따스한 눈빛을 하며 브레인을 보며 말을 하였다.

"감사히 먹겠습니다. 어머니."

브레인은 노라의 마음을 알 수가 있었다.

전장에 있는 동안 한 번이라도 식사를 해 주고 싶은 마음이었지만 그렇게 하지 못해 마음이 편하지 못했기에 지금 이렇게 음식을 직접 장만하여 먹이려고 하는 것이었다.

이는 노라만 그런 것이 아니라 모든 어머니들의 마음일 것이다.

자식을 전장에 보내 놓고 편하게 있을 수 있는 부모는 없기 때문이었다.

브레인은 어머니의 그런 마음이 담긴 음식을 먹으면서 자신도 모르게 얼굴이 환해지고 있었다.

어려서 먹은 음식 맛이 그대로 남아 있어서였다.

"어머니, 이거 정말 맛있네요."

"정말이니?"

"네에, 정말 맛있어요. 우걱우걱."

브레인은 말을 하면서도 쉬지 않고 음식을 입에 넣고 있었다.

누가 보아도 진짜 맛난 음식을 먹고 있다는 것을 알 정도로 말이다.

노라는 자신이 직접 만들은 음식을 저렇게 맛있게 먹어주는 브레인이 정말 사랑스러웠다.

자식이 이제는 완전히 성장을 하였지만 그래도 자신의 눈에는 어려 보여서였다.

식사를 맛나게 마친 브레인은 다정스러운 눈빛을 하며

어머니를 보며 입을 열었다.

"앞으로 생각나실 때에는 눈치 보지 마시고 오늘처럼 음식을 만들어 주세요. 정말 맛나네요."

"정말 그래도 되니?"

"그럼요, 여기는 어머니의 집이니 다른 사람의 눈치를 볼 필요가 없어요. 그저 하시고 싶은 대로 하세요."

"고맙다. 브레인."

노라는 사실 귀족 부인처럼 보이기 위해 많은 공부를 하였지만 자신의 몸에 익은 것이 아니기에 불편했는데 브레인이 이제는 마음대로 하라는 말을 해 주니 기분이 좋아진 것이다.

브레인은 그렇게 어머니의 마음이 편해지게 해 드리고 잠시 쉬기 위해 서재로 갔다.

노라도 저녁에는 왕궁에서 파티가 있다는 말을 듣고는 쉬라고 해 주었기 때문이다.

"이놈을 어떻게 처리를 하지?"

브레인은 자신의 손가락에 있는 반지를 보며 답답함을 느꼈다.

'마스터, 어떻게 처리를 한다는 소리는 무슨 소리예요?'

에레나는 브레인의 말을 듣고는 바로 물었다.

"너 때문에 하는 소리다. 종이면 종답게 처신을 해야

하는데 너는 어떻게 종이라고는 하면서 나의 말을 듣지 않는지 모르겠다. 그래서 어찌할 것인지를 고민하고 있는 중이다."

'마스터 서운합니다. 저는 마스터의 영원한 종입니다. 그리고 말을 듣지 않는 것이 아니라 이상한 일만 시키니 그렇지요.'

"이상하기는 뭐가 이상해? 요새를 점령하는 방법을 알려 달라는 것이 이상한 거야?"

'이상하지요. 충분히 능력이 있으면서 저에게 도와 달라고 하니 이상한 거지요. 저에게 바라는 것이 너무 많다고는 생각지 않으세요?'

에레나는 자신에게 너무 많은 것을 바라고 있다고 하면서 투정을 부리고 있었다.

브레인은 에레나의 정체가 여자가 아닌가라는 생각이 들었다.

"에레나 너 여자지?"

'어머머, 아직도 제가 여자인지도 몰랐다는 말이에요? 마스터 너무하세요. 흑 흑.'

브레인은 속으로 미치겠다는 생각이 들었다.

어찌 자신에게 이런 골치 아픈 존재가 종이라고 하면서 남게 되었는지를 심각하게 고민이 되는 브레인이었다.

"에레나 솔직하게 말해 줘. 너에게 있는 능력이 무엇이냐?"

'마스터가 강해지시면 저절로 알게 될 텐데 뭐가 그리 궁금하세요?'

에레나는 브레인이 강해지는 만큼 능력을 사용할 수가 있다고 하였다.

도대체 얼마나 강해져야 에레나를 부려 먹을 수가 있는지가 궁금해지는 브레인이었다.

"내가 얼마나 강해져야 나의 말에 복종하는 거야?"

'어머, 복종은 무슨 복종이요. 저는 그저 마스터의 힘이 강해지면 말 상대나 해 드리려고 하는 건데요?'

브레인은 에레나와 대화를 하면 항상 이렇게 되니 속에서 천불이 났다.

"이제 정말 너와는 대화를 하기가 싫구나. 앞으로는 나와 대화를 차단하고 살자. 반지는 벗겨지지가 않으니 버리지도 못하니 말이다."

브레인은 스스로 포기를 하고 말았다.

하지만 에레나는 브레인과 대화를 즐기고 있는 모양이었다.

'어머, 마스터, 남자가 뭐 그래요? 삐지기나 하고 말이에요.'

브레인은 에레나가 무슨 말을 하든 대답을 하지 않기로

마음을 먹었는지 입을 다물고 있었다.

'마스터? 마스터 화를 풀고 저하고 같이 대화를 해요.'

에레나는 열심히 브레인을 불렀지만 대답이 없었다.

브레인은 정말 화가 나서 대답을 하지 않고 있었다.

골치 아픈 존재를 처리할 방법이 없으니 일단은 함께 있기는 하겠지만 이대로 대화를 하다가는 자신이 먼저 돌아 버릴 것 같았다.

에레나는 남의 속을 뒤집는 재주에 천재적인 재능을 가지고 있는 모양이었다.

브레인이 대답을 하지 않자 에레나도 다시 침묵의 시간을 가지게 되었다.

'반지가 빠지기라도 하면 빼서 보관을 하겠는데 이거는 빠지지도 않으니 계속 함께 생활을 해야 한다는 이야기인데, 그렇다고 저렇게 싸가지 없는 종과 있고 싶지는 않으니 결국 내가 강해지는 길밖에 없는 것인가?'

브레인은 에레나를 길들이기 위해서는 우선은 자신이 강해져야 한다고 생각했다.

국왕이 자신에게 어떤 영지를 줄지는 모르지만 영지로 가서는 정말 진심으로 수련을 하려고 마음을 정하고 있었다.

이런 작은 결심이 대륙에 새로운 강자를 만들게 하고

있다는 것을 지금은 모르고 있는 브레인이었다.

왕궁의 파티에는 많은 귀족들이 참석을 하고 있었다.

브레인도 파티에 맞는 옷을 입고 참석을 하자 많은 귀족들이 인사를 하기 시작했다.

"대공 전하, 어서 오십시오."

"대공 전하를 뵈옵니다. 저는 그리프 백작이라고 합니다."

"모두 반갑소. 오늘은 즐거운 파티에서 여러분을 보는군요."

브레인은 그렇게 귀족들과 인사를 하고 있었고, 그의 옆에는 마스터의 경지에 오른 친구들이 있었다.

브레인은 친구들에게 작위를 주지 않았는데 그 이유는 바로 국왕이 직접 작위를 주기를 바라고 있어서였다.

왕국의 국왕이 주는 작위는 세습 귀족이기 때문에 대대로 작위를 유지할 수가 있지만 자신이 주는 작위는 일대에 한해 유지가 되는 귀족이었기 때문이다.

물론 자작까지는 대대로 작위를 유지할 수가 있지만 문제는 백작의 작위는 자신이 줘도 그대에 한해 유지되는 작위라 주지 못하고 있었다.

친구들이 국왕에게 직접 작위를 받으면 조금 문제가 있기는 하겠지만 친구들의 부모를 자신의 영지로 데리고 오면 크게 걱정이 되지 않을 것이라고 생각하고 있는 브레인이었다.

다만 자신이 받을 영지가 아레아 영지라는 것을 모르는 것이 문제지만 말이다.

"국왕 폐하 납시오."

시종장의 커다란 목소리에 귀족들은 모두가 국왕이 오는 길을 피해 주며 가볍게 예의를 차리고 있었다.

국왕은 그런 귀족들을 지나 자신의 자리에 섰다.

"오늘 파티를 하는 이유는 모두가 알고 있겠지만 바로 역사적인 승리를 자축하기 위해 하는 파티이오. 그래서 승전을 한 귀족들에게 그에 맞는 포상도 겸하게 자리를 마련한 것이니 모두들 축하를 해 주시기 바라오."

국왕의 말과 함께 옆에 있는 바이칼 후작이 승전한 귀족들의 명단을 펼쳤다.

"체리스 후작은 나오시오."

가장 먼저 부른 체리스 후작이 국왕의 앞에 섰다.

국왕은 체리스 후작을 보며 입을 열었다.

"체리스 후작은 이번 전쟁에 공을 세웠기에 그에 따른 포상을 해 주기로 결정이 되었다. 그래서 후작을 왕국의 공작으로 임명하는 바이다."

"감사합니다. 국왕 폐하."

전쟁에서 브레인 다음으로 전투를 한 공을 세워 당당하

게 공작의 자리를 차지하게 되었다.

체리스 후작을 공작으로 승작시키는 데에 처음에는 말이 많았지만 이번 바이에로 요새를 공격할 때 가장 선봉에 서서 전투를 하였다는 것을 말하여 귀족들을 설득한 국왕이었다.

여러 귀족들이 승작을 하기도 하고 포상을 받기도 하는 시간이 지나자 브레인의 친구들을 부르는 소리가 들렸다.

"알렉스, 피터, 카알, 케리 경은 나오시오."

브레인의 친구들은 자신들을 부르는 소리에 나가서 국왕의 앞에 서게 되었다.

친구들의 얼굴은 조금 굳어 보이는 것이 이들이 지금 긴장하고 있다는 것을 보여 주고 있었다.

아무리 마스터라고 해도 이들은 평민이었기 때문에 국왕의 앞에 있으니 긴장을 하지 않을 수가 없었다.

"그대들은 나의 앞에 무릎을 꿇어라."

네 명의 친구는 모두 무릎을 꿇고 고개를 숙이고 있었다.

"그대들은 헤이론 왕국에 충성을 하겠는가?"

"예, 충성하겠습니다."

"그대들은 기사의 명예를 지키겠는가?"

"예, 지키겠습니다."

"그대들에게 헤이론 왕국의 백작에 임명하여 대대로 작위를 이어지게 할 것을 이 자리에서 선언하노라."

국왕의 입에서 백작의 작위를 내린다는 소리가 들리자 친구들의 눈에서는 눈물이 나왔다.

"감사합니다. 국왕 폐하."

"그리고 엔더슨 마법사는 나오기 바라네."

국왕은 엔더슨을 불렀다.

왕국의 마법사들 중에서는 가장 실력이 있는 엔더슨이었기에 그런 마법사를 그냥 둘 수는 없는 일이었다.

그리고 이번 전쟁에 세운 공도 무시할 수는 없는 일이었기 때문이다.

엔더슨은 국왕의 부름에 당당하게 걸어갔다.

엔더슨이 오자 국왕은 이미 준비한 말을 하기 시작했다.

"엔더슨 마법사는 우리 헤이론 왕국에 충성을 하겠는가?"

"저는 헤이론 왕국의 한 사람으로서 충성을 하겠습니다."

"그대에게 헤이론 왕국의 후작의 작위를 내리노라."

"감사합니다. 국왕 폐하."

마스터는 백작을 주고 마법사는 후작을 주는 것에 처음에는 귀족들이 항의를 하였지만 국왕은 왕국에 지금 마법사가 없다는 말에 귀족들도 반대를 할 수가 없게 되어 버렸다.

헤이론 왕국에는 그동안 마법사를 키우려고 하였지만 아직 고위 마법사는 한 명도 없었기 때문이었다.

오죽하면 왕실 마법사의 수장이 5서클의 마법사였겠는가 말이다.

국왕은 엔더슨이 지금은 6서클의 마법사지만 7서클에 오를 수가 있다는 것에 확신을 가지고 있었다.

아직 나이도 어린 엔더슨이기에 그런 가능성을 보고 작위를 주려고 하였던 것이다.

다른 귀족들에게 모든 상이 내려지자 이제 이번 전쟁에 가장 큰 공을 세운 브레인만 남게 되었다.

"브레인 대공은 앞으로 나오시오."

브레인은 국왕의 부름에 국왕의 앞으로 갔다.

국왕은 브레인을 보며 잔잔한 미소를 지어 주었다.

"대공에게는 더 이상 작위를 올려 줄 수가 없으니 작위에는 욕심을 내지 마시오. 대공의 위에는 나밖에 없으니 말이오."

국왕의 말에 주변에 모여 있던 귀족들이 한바탕 웃음이 터지고 말았다.

브레인도 빙그레 미소를 지으며 국왕의 농담에 답을 해 주었다.

"저는 더 이상 작위에는 욕심이 없습니다. 그러니 그런 걱정을 하지 않으셔도 되옵니다. 국왕 폐하."

"허허허, 그래서 대공에게는 다른 임무를 주려고 하오. 바로 대공의 기사들과 함께 영지를 꾸밀 수 있는 아레아 영지를 찾아 주기 바라오. 아레아 영지는 우리 왕국이 지난 삼십 년 전에 잃은 땅이었지만 아직까지 영지를 찾지 못하고 있는 곳이기도 하오. 대공의 기사들이라면 충분히 아레아 영지를 찾을 수 있을 것이라고 나는 믿고 싶소. 왕국에서도 적극적으로 지원을 하게 될 것이오."

국왕의 말에 브레인은 아레아 영지가 어디인지를 생각하고 있는 중이었다.

자신이 헤이론 왕국에서 태어났지만 한 번도 들어 보지 못한 곳이라 어리둥절한 얼굴을 하였다.

"국왕 폐하, 아레아 영지라는 곳이 어디입니까?"

브레인의 질문에 국왕은 미소를 지으며 아레아 영지에 대한 이야기를 하기 시작했다.

긴 시간을 아레아 영지에 대한 이야기만 하였지만 아무도 국왕이 말을 하는 동안은 숨소리도 내지 않고 있었다.

이 자리에 있는 귀족들은 대부분이 아레아 영지를 알고 있는 귀족들이었기 때문이다.

브레인은 한참을 국왕의 설명을 듣기만 했다.

드디어 국왕의 설명이 끝이 나자 귀족들의 눈은 모두 브레인을 향하고 있었다.

브레인은 잠시 생각을 하는지 눈을 감고 있었다.

브레인이 눈을 뜨면서 국왕을 보며 다시 입을 열었다.

"그러면 아레아 영지의 크기가 지금 왕국의 삼분지 일에 해당한다는 말씀이신지요?"

"그렇소. 대공과 이번에 백작으로 임명된 기사들의 영지로 주고도 남을 정도로 아레아 영지는 거대한 땅이오."

브레인은 국왕의 말에 아레아 영지가 얼마나 큰지를 알수가 있었다.

"그러면 아레아 영지를 다시 찾으려면 다시 전투를 해야 하겠군요?"

"이번에 참전한 병력을 대공에게 일임을 할 생각이오. 그 정도의 병력이라면 충분히 찾을 수 있지 않겠소?"

국왕은 브레인을 보며 희망적인 눈빛을 하고 있었다.

만약에 브레인이 못하겠다고 하면 아레아 영지는 영원히 찾을 수가 없을 것이라는 생각이 들어서였다.

"그 정도 병력이라면 해볼 만하겠군요."

브레인도 이번 전쟁에 투입된 병력을 가지고 몬스터와

전투한다고 하니 어느 정도는 가능성이 보였다.

그리고 이번 전투는 사람이 아닌 몬스터를 죽이는 것이라 브레인도 그리 심적으로 부담이 없었기 때문이다.

어차피 왕국에서 자신에게 줄 영지가 없다는 것은 알고 있었기에 국왕의 말대로 새롭게 영지를 만들어야 하는 입장이었다.

아레아 영지를 찾으면 모두 자신의 영지로 준다고 하니 브레인은 아레아 영지의 엄청난 크기에 속으로 군침을 흘릴 수밖에 없었다.

"알겠습니다. 아레아 영지를 찾도록 하겠습니다. 국왕 폐하."

"고맙소. 만약에 아레아 영지를 찾게 되면 영지에 살게 될 평민들은 각 귀족들의 영지에서 뽑아 아레아 영지로 보내도록 하겠소. 여기 모인 모든 귀족들도 아레아 영지를 찾기를 바라고 있을 것이니 반대는 없을 것이오."

국왕의 선언에 귀족들의 얼굴이 그리 좋지는 않았지만 그래도 아레아 영지를 찾는 것이 왕국의 입장에서는 더 좋은 일이기에 반대를 하는 귀족은 없었다.

만약에 반대를 했다가는 브레인과 척을 지게 되는데 그럴 배짱을 가진 귀족은 아무도 없었다.

이렇게 브레인은 영지를 찾기 위해 다시 전투를 하게

되었지만 이번에는 자신을 위해 하는 전투라 조금은 다르게 생각하고 있었다.

자신이 자리를 잡을 터전을 만들기 위해 가는 길이었으니 말이다.

〈『영웅전설』 4권에서 계속〉

1판 1쇄 찍음 2011년 5월 3일
1판 1쇄 펴냄 2011년 5월 6일

지은이 | 무 람
펴낸이 | 정 필
펴낸곳 | 도서출판 뿔미디어

기획 | 이주현, 문정흠, 손수화
편집책임 | 이재권
편집 | 장상수, 심재영, 조주영, 주종숙, 이진선
관리, 영업 | 김기환, 김미영

출판등록 | 2002년 9월 11일 (제1081-1-132호)
주소 | 부천시 원미구 상3동 533-3 아트프라자 503호 (우)420-861
전화 | 032)651-6513 / 팩스 032)651-6094
E-mail | BBULMEDIA@paran.com
홈페이지 | www.bbulmedia.com

값 8,000원

ISBN 978-89-6639-051-9 04810
ISBN 978-89-6639-004-5 04810 (세트)

보건복지부위탁 실종아동전문기관의

『**Missing child**』 iPhone용 무료 어플리케이션

홍보 캠페인에 <u>도서출판 뿔 미디어</u>가 함께합니다!

《주요 기능》

● 실종된 아동의 사진 및 실시간 발생되는
   실종 아동 사진 검색 및 제보 기능
● 미취학 아동을 위한
   실종 예방 인형극 영상 및
   노래, 애니메이션
● 취학 아동을 위한 유괴 예방 영상

실종아동전문기관 홈페이지 (**www.missingchild.or.kr**)
또는 애플의 앱스토어에서 무료로 다운로드 받을 수 있습니다.
실종·유괴 없는 행복한 세상을 위해 여러분의 소중한 관심과
많은 참여를 바랍니다.

뿔
MEDIA